いずれ最強の錬金術師？

SOMEDAY WILL I BE THE GREATEST ALCHEMIST?

9

小狐丸
KOGITSUNEMARU

メリーベル
経験豊富な
ベテランメイド。
タクミの屋敷で
働くことになった。
カエデ
アラクネという
厄災クラスの魔物。
タクミに懐いている。
ルル
日本人勇者の
アカネに仕える、
猫人族の侍女。
登場人物紹介
CHARACTERS

タクミ
ちょっぴり臆病な本作の主人公。
剣と魔法の異世界に転生したが、
喧嘩もしたことがないので
生産職を究めようと決意する。
ソフィア
タクミの
護衛を務める
エルフの剣士。
タクミの奥さんに
なった。
セバスチャン
見た目から身のこなし
まで完璧な執事。
タクミの屋敷で
働くことになった。
ホーディア伯爵
見た目も心も醜い、
エルフの貴族。
ソフィアを我が物に
しようとしている。

1 復興《ふっこう》事業を考えてみよう

エルフのソフィアと人族のマリア、そして兎人族《うさぎじんぞく》のマーニと結婚した僕、タクミ。挙式後間もなく新婚旅行に行ってきたんだが、これがなかなかの大冒険で……

行きの行路は、城塞都市《じょうさいとし》ウェッジフォートを抜け、ロマリア王国を横断、それからドワーフの住むノムストル王国に行くというもの。

初めてのノムストル王国という事でとても楽しみにしていたんだけど、途中でシドニア神皇国《しんこうこく》の残党騎士団と交戦するはめになるわ、ドワーフ国王の兄弟喧嘩《げんか》に巻き込まれて刀造りをさせられるわで、慌《あわ》ただしい展開に。

まあ、そんなトラブルがありつつも、買い物したり鍛冶場《かじば》を覗《のぞ》かせてもらったり、一応観光も堪《たん》能《のう》したんだけどね。

帰りくらいはのんびりしたいなと思っていたものの、やっぱりそうはいかず……

復興途中のシドニア神皇国を横切った際に魔物に襲われ、立ち寄ったサマンドール王国では貴族に雇われたという一団に絡《から》まれる事になった。

楽しかったんだけど、最初から最後まで忙《せわ》しない新婚旅行だったな。

◇

流石《さすが》に疲れてしまった僕達は、話し合いの結果、しばらくは聖域《せいいき》の屋敷でゆっくりしようという事になった。

それぞれ好きな事をしてリラックスする中、僕は一人思案する。

今回の旅行で色々考える事があったのだ。

まずシドニア神皇国。現在、バーキラ王国とロマリア王国による暫定統治下にあるんだが、復興が遅れ、依然荒廃《こうはい》したままだった。シドニア神皇国の国民が苦労しなきゃいけないのはある程度仕方ないと思う。神光教《しんこうきょう》の罪もあるし、皇王の治世《ちせい》の下で利益を享受《きょうじゅ》していたわけだしね。

ただ、人は生まれる場所を選べないから、その国の民《たみ》だというだけで責任を取らされるのはちょっと。特に子供達には罪なんてないし、僕が手を差し伸べてあげても良いと思う。

続いてノムストル王国は……やっておくべき事はないかな。友好的なドワーフも多いし、あの人達は逞《たくま》しいから。

最後に、寄り道したサマンドール王国。ここは色々と問題ありだ。馬鹿な貴族に絡まれたし、ソフィア達を狙った襲撃に加えて、僕にまで刺客《しかく》を送ってきて……うん、今度何かしてきたら叩き潰そう。

とりあえずこの中で一番何とかしないといけないのは、シドニア神皇国だろうな。

良くない教えだったとはいえ、国民の心の拠《よ》りどころだった神光教が崩壊し、国としてまとまりがなくなりつつある。

なお、今のシドニア神皇国では、信仰の自由が保障されている。なので、これまでのように堕《お》ちた精霊《せいれい》を信仰し続けるのも自由なんだけど、バーキラ王国とロマリア王国は創世教《そうせいきょう》への改宗を推《すい》奨《しょう》している。

この際、僕がシドニア神皇国に創世教の教会を建てて回るのはどうだろう。復興にも国民の精神的にも良いと思う。

……いや、僕が勝手に先走るのはまずいか。まずは、バーキラ王国やロマリア王国にお伺《うかが》いを立てないと。

そうと決まれば、両方の王に手紙を書こう。

そう考えた僕は、マーニにお茶を淹《い》れて部屋に持ってきてもらうように頼むと、そのまま部屋に戻るのだった。

旅の途中で目にしたシドニア神皇国の惨状《さんじょう》、そして僕がやろうとしている復興のアイデアを書き連ねていく。

そうしてふと気づく。

「……そういえば、農地は勝手に開墾《かいこん》したらまずいんだよな」

畑の開墾をするのや水路を引くのは、土属性魔法を使えば簡単に出来る。だけど、世間の土属性魔法師は、戦闘以外に魔法を使おうとしない。最近になってやっと、家屋の建設に使い始めたくらいだ。

農地となると偏見が根強く、魔法使いの仕事じゃないと嫌がる人が多い。なお、建設に土属性魔法を積極的に使いだしたのは、僕がウェッジフォートで強固な砦《とりで》を造って見せたかららしい。

せっかくなので教会を建てたり農地を整えたり、シドニア神皇国に色々してあげたいと思うんだが、一方的な施《ほどこ》しは良くないよな。復興を手伝うにも国と国が絡む以上、大義名分《たいぎめいぶん》が必要らしいし。

こういう政治事がからっきしだめな僕の代わりに、誰かやってくれると良いんだけど……

ソフィアは意外と人見知りなので、その役割を任せるのは難しい。何より彼女は僕の護衛だと言っているし、それに誇《ほこ》りを持っている。ソフィアと出会った当時に比べ、僕も強くなってるんだけど、ソフィアに言わせると護衛は必要らしい。

マリアは、メイドの仕事や家事全般は完璧だけど、政治は完全に守備範囲外だ。

マーニも無理だな。何より彼女は僕達パーティ以外にあまり心を許していない。

当然、狐人族《きつねじんぞく》のレーヴァも無理だ。暇があれば工房に籠《こ》もっている物作りオタクだからね。

猫人族《ねこじんぞく》のルルちゃんは年齢的にＮＧなので対象にならない。

となると、消去法でアカネになるんだけど……アカネは日本で生徒会長を務めていたくらいに優秀だ。とはいえ、就職経験がなくアルバイトの経験もない元女子高生に、王や貴族、国の官僚との交渉を任せるのは忍びないか。

その前に、アカネに頼もうと話したら殴られそうだけどね。

◇

そんなふうに色々と考えつつ数日経ったある日、僕はみんなをリビングに集めて相談する事にした。

シドニア神皇国の復興を手伝いたい。けれど、暫定統治しているバーキラ王国とロマリア王国の顔を潰してはいけない。それらを解決するアイデアはないか、そして上手に交渉出来る人はいないかと尋ねる。

早速《さっそく》アカネが否定から入る。

「私にお偉いさんとの交渉なんて無理よ。そんなのタクミがすればいいって言いたいけど……アンタは無理そうね。タクミは元々アラフォーのサラリーマンだったんでしょう？　少しくらい似たような経験はないの？」

「僕は技術職で、しかもほとんど外との交渉や打ち合わせもない仕事だったからね」

僕が申し訳なさそうに答えると、ソフィアが提案してくる。

「この際、誰か雇用するのはどうでしょう？　そもそも今も人手が足りていません。農産物や薬草類、魔導具《まどうぐ》やポーション類、塩や海産物、魔大陸《またいりく》との交易と、聖域の経済活動は拡大しています。そろそろ何人か人を雇ってもいいと思うのですが……」

「考えてもなかった。普通そうだよね。自分達で何でもするのが当たり前になってたけど、人は必要か」

聖域という都合上、適当な人は雇えないという縛《しば》りはあるが、探せば何とかなると思う。

ちなみに今も農産物、海産物、塩、薬草類、お酒関係の交易担当者はいる。だけど、経理の人員くらいは新たに入れた方がいいだろう。それにプラスして、バーキラ王国、ロマリア王国、ユグル王国とのやり取りをする人を雇いたい。

ソフィアのアイデアには全員賛成で、何人か雇用する事に決まった。

経理には奴隷商会でもいい人材がいる可能性はあるけど、国との折衝《せっしょう》を任せられる人はそうはいかないよな。これは、ボルトン辺境伯やいつもお世話になっているパペック商会のパペックさんにも相談しないと。

うーん、でも何だろう。

シドニア神皇国の人達に少しでも援助したいだけなのに、何となく遠回りしている気がするのは、僕だけだろうか？

まず、ボルトン辺境伯家の家宰《かさい》セルヴスさんにアポイントメントを取った。

ボルトン辺境伯も今は、未開地《みかいち》や聖域の事があって忙しくしていて、流石にその日にポッと行っては会えなくなっている。

ちなみに、未開地はどこの国にも属さない中立地帯とされているんだけど、国の飛び地となっている場所もある。

その一つがウェッジフォート。ここはバーキラ王国領だ。ロマリア王国にも飛び地はあって、ウェッジフォートとロマリア王国間に建設された街がそれに当たる。なお、聖域の近くに建設されたバロルは、バーキラ王国、ロマリア王国、ユグル王国の三ヶ国が合同で運営している。

セルヴスさんに手紙を届けたあと、ボルトンの屋敷で雑用を片付けていると、ふいにアカネが尋ねてくる。

「この際、ボルトンの屋敷を管理する人も雇わない？」

「なるほど。レーヴァが頻繁《ひんぱん》に聖域とボルトンを行き来するから、レーヴァに屋敷の掃除《そうじ》なんかも任せっきりだったけど、確かにいいかもね」

今でもパペックさんへのポーションなんかの納品は、レーヴァが直接持って行っている。たまには僕も行ってるけどね。

そもそも僕らには聖域に立派な屋敷があるので、ボルトンの方はいらないんじゃないかって話もあるんだけど、思い入れもあるし売却するつもりはない。日本とこの世界を通じて初めて持った家だし、カエデとの二人きりの生活から始まり、ソフィアとマリアが増えていって……と思い返せば楽しい思い出がいっぱいだ。これからもここが僕にとって重要な場所の一つなのは変わらない。

アカネが言うように、ボルトンの屋敷を管理する人を雇った方がいいだろうな。もの凄《すご》く今更な気もするけど。

更にアカネが提案してくる。

「聖域の屋敷にも、人が欲しいわね」

「え、聖域の屋敷にはマリアやマーニがいるじゃないか」

僕がそう言うと、アカネは首を横に振って、「やれやれ、わかってないわね」と口にする。

「いい？　マリアやマーニはタクミの奥さんでしょう。あれだけ大きな屋敷にメイドや小者《こもの》もいないなんておかしいのよ。聖域なら仕事が欲しい子供達を小者として雇うのもいいわね。うちで働きたい子はいっぱいいると思うわ」

アカネの説明に、ソフィアも頷《うなず》いている。

なるほど、子供が働ける環境か。

最近では聖域にもお店が出来、徐々にお金を使える環境になってきている。聖域では仕事をしている人達にはそれに応じた賃金を支払っているが、子供達の多くは畑のお手伝いくらいしかしていない。

そんな子供達が自分でお金を稼げる環境が整うのは、確かに良い事かもしれないね。

◇

数日後、セルヴスさんから連絡が来て、ボルトン辺境伯と会える事になった。

「久しぶりだな、イルマ殿」

「ご無沙汰《ぶさた》してます。ボルトン辺境伯閣下《かっか》」

「堅苦《かたくる》しいな。公式の場では困るが、ここではゴドウィンで構わん」

「それではゴドウィン様と」

今日は、僕、ソフィア、アカネの三人で、ボルトン辺境伯の城のような領主館に来ていた。簡単な挨拶《あいさつ》のあと、僕から用件を切りだす。

「……うーむ、シドニアの復興の手伝いがしたいと？」

「はい。まあどちらかというと、僕もシドニアと無関係じゃないどころか、崩壊のトドメを刺していますし。罪滅ぼしというわけではありませんが、シドニア国民の困窮《こんきゅう》をこの目で見てしまうと、何かしら出来ないかと思いまして……」

「……食料を施すのは問題ないと思う。創世教も復興支援として物資を配っているしな。だが、建物を建てるのや農地の開墾をするのは問題になりかねん」

三ケ国の間でもシドニアの復興支援はデリケートな問題らしい。分割統治するのか、新しい国を建国させるのか、そういった話し合いは依然としてまとまっていないのだとか。仮に分割統治するにしても、三ケ国での領地の配分で揉めるのは目に見えているそうで、シドニア崩壊後それなりに時間が経つのに、未だ明確な指針も立てられないとの事。

ボルトン辺境伯はそういった事を説明したあと、嘆《なげ》くように口にする。

「そんな状況であるため、大変申し訳ないのだが、バーキラ王国に所属するイルマ殿が大々的にシドニアを開発するというのはまずいのだ」

「僕は、みんなが飢《う》えずに暮らせて、最低限、身の安全が保障された生活をしてほしいだけなんですけどね……」

「それがなかなか難しいだろうがな」

三ケ国でも治安の維持が最優先なのはわかっているが、どこの地域をどこの国が担当するのかで揉めているらしい。

やはり政治の問題は一筋縄《ひとすじなわ》ではいかない。

「それで、僕、考えたんですが、シドニアには創世教の教会はありませんよね」

「ああ、訳のわからん宗教国家だったからな」

「それなら創世教の教会を僕がいくつか建てて、そこを拠点に創世教の人達に、支援活動してもらうのはどうでしょう。創世教の教会にならら、僕が寄付しても問題ないでしょうし」

女神《めがみ》ノルン様を信仰する創世教は、バーキラ王国、ロマリア王国、ユグル王国の三ケ国でも最大の宗教勢力となっている。

国が関わると政治的な問題が発生するけど、創世教が宗教活動の一環として、シドニアの困窮する人達に手を差し伸べるのはセーフなんじゃないかな。

「……ふむ、確かにイルマ殿なら教会の建設は容易《たやす》いか。創世教としても新しいポストに人員を送れるのだから、喜んで受け入れるだろう。何より、聖域の管理者であるイルマ殿が教会を建設すると知ったら、大喜びで大司教が礼を言うかもしれんな」

ボルトン辺境伯の反応は悪くない。教会なら国を越えての活動に問題はないだろうと言ってくれた。大司教のお礼はいらないけど。

「いけそうですかね」

「うむ、その線で各国に根回しする方向で、王と計《はか》ってみる」

一応これで、シドニアの復興支援の話は落ち着いたかな。

2　人を紹介してもらおう

シドニア神皇国の復興支援で何が出来るかの相談をしたあとは、今後三ケ国との折衝を任せられる人材についてだ。

「それはありがたいお話でございます」

僕がその話を切りだすと、セルヴスさんは大袈裟《おおげさ》に喜んだ。

うちの人材雇用が「ありがたい」とはどういう事だろう。首を傾《かし》げて不思議に思っていると、セルヴスさんはその理由を教えてくれた。

「イルマ殿が、大精霊様達が認めた精霊樹の守護者であり、なおかつ聖域の管理者である事は、国内のみならず他国でも耳のいい方達には知られています。ですが、いざコンタクトを取ろうと思いましても、イルマ殿は普段は聖域で過ごされており、こちらにはなかなかいらっしゃいません。イルマ殿が留守にしている間は、屈強《くっきょう》なゴーレムが屋敷を守っており、手紙をお渡ししようにも近づけず……といった状況でした」

「……申し訳ないです」

ボルトンの屋敷には、以前襲撃された経験から、結界と半自律思考型ゴーレムを設置している。僕が留守の間、屋敷への侵入者は全《すべ》て捕縛されていた。

セルヴスさんの話では、国内の商人や貴族、それに王家、あとは同盟国の貴族や商人から、聖域で造られたお酒を売ってほしいとの要望が殺到しているらしい。それはパペックさんからも聞いていたので、僕も知っていた。

だけど、聖域のお酒は売るために造っているんじゃないんだよな。ドワーフ達が中心になって、聖域内用と自分達が飲む用に造っているだけなのだ。そんなわけで、聖域外に流している量は極少量に過ぎない。

僕は要望への対応をやんわりと断る。

「お酒類をすぐに増産するのは難しいですね。ブドウ畑や大麦畑もそうですが、すぐに増やせる類《たぐい》のものではありませんから。土地の問題もありますし」

「それはそうでございますね。よその土地で収穫された作物を買い入れてお酒を造ったのでは、他のお酒と変わらない味にしかならないでしょうし」

ゴランさんやドガンボさん達ドワーフが、わざわざ聖域に移り住んでまでお酒を造っているのは、聖域で出来る作物の品質にあるのだから、外から原料を購入しての酒造は意味がない。ドリュアスをはじめとする大精霊のせいなのか、精霊樹の影響なのかわからないけど、とにかくブドウにしろ麦にしろ、聖域の作物は極上のお酒の原料になるのだ。

今では、普通の街に比べれば少ないとはいえ、聖域も人口が増えたので、お酒は聖域の住民でほぼ消費されてしまう。ドワーフ達が頑張って増産してはいるが、余裕を持って外に販売出来る量はないのが現状だ。

セルヴスさんが更なる要望を伝えてくる。

「精霊樹関連の素材は、どこの国も喉《のど》から手が出るほど欲《ほっ》しています。現在は、ボルトンの冒険者ギルドとパペック商会を通して、僅《わず》かな量が出回るだけですから」

「精霊樹の素材については、今後もそんなに増やせませんよ」

「いえいえ、窓口が出来る事が大切なのですよ」

そう言ったあと、セルヴスさんは話を戻す。

「それはさておき、お屋敷で身の回りのお世話をする者をお求めでしたね。最低でも、ボルトンの屋敷を管理するメイドが一人、家宰の役目を果たす者が一人、聖域のお屋敷のメイドが一人、料理担当する者が一人の四人、といった感じでしょうか。欲を言えばメイドは二人ずつ欲しいので、合計は六人ですかね」

思っていた以上の人数に、僕はびっくりしてしまう。

「そ、そんなに必要ですか」

「はい。マリア様やマーニ様がイルマ殿の身の回りのお世話をする事もあるでしょうが、本来であればよろしくありませんから」

セルヴスさんは、聖域の屋敷に来客はないとしてもボルトンの屋敷は多くなるはずだと言い、アカネと同じように、僕の奥さんが働いているのは良くないとアドバイスした。ボルトンにしても聖域にしても、僕の住んでいるレベルの屋敷なら、使用人の数もそれなりにいるのが普通らしい。

セルヴスさんは更に続ける。

「人が必要なのは確かですが、イルマ殿の今のお立場を考えれば、人選は慎重にしなければなりませんね。実際、イルマ殿の側《そば》に人を送り込みたい者は大勢いるのですから」

「何か思惑があるって事ですよね……」

「その認識で正しいと思われます。どうにかして甘い蜜《みつ》を吸おうと聖域に食い込みたい者達ですからね」

それからセルヴスさんは、パペックさんと相談して雇用する人員の選別をすると言ってくれた。国内外広く最高の者を探したいので、人選にはそれなりに時間が欲しいとの事。

「シドニアの件とあわせまして、お任せください」

「僕なんかのためにご迷惑かけてすみません」

バーキラ王国の辺境伯家を取り仕切る、セルヴスさん。そんな多忙な彼の手を、僕達の事で煩《わずら》わせるのは申し訳ない気持ちになるな。

「いえいえ。イルマ殿のおかげで、ボルトン辺境伯領はかつてないほど繁栄しています。このくらいの事、お返しの一部にもなりません」

恐縮していたら、逆にお礼を言われてしまった。

ともかくこれで、時間はかかりそうだけど、人材の問題は何とかなりそうかな。

ちなみにシドニアでの教会建設の方は、ボルトン辺境伯がバーキラ王に報告を上げ、その後同盟国と創世教と話し合い、規模や建設場所の選定、資材の調達などクリアすべき問題があるので、こっちもすぐにとはいかないらしい。

僕はセルヴスさんにお礼を言って、その日は聖域へ帰った。

◇

数日後、セルヴスさんから人選が難航《なんこう》しているとの連絡が届いた。

その話を、聖域の屋敷のリビングでみんなにする。

「なかなか集まらないの？　メイドは奴隷商会で探した方がいいんじゃない？」

「アカネさん、普通の奴隷商会だと最低限の教育しかしていないんですよ。でもムーラン奴隷商会なら教育が行き届いているので、すぐにメイドとして働けます」

「なら、それでいいんじゃない？」

アカネとマリアが、メイドは奴隷から探そうと言っている。

僕達には転移ゲートや天空島《てんくうとう》など秘密にしている事があるので、機密保持を考えたら契約で縛れる奴隷もありかなと思うんだけど……そもそもセルヴスさんの言う「難航」の意味はちょっと違うんだよね。

「アカネ、マリア、人が集まらないんじゃなくて、応募が殺到していて困っているみたいなんだよ」

セルヴスさんは、ボルトン辺境伯家の人脈だけでなく、様々な伝手《つて》を使って秘密裏《ひみつり》に募集をかけたらしい。

僕達に雇われるという事は、聖域に入る事を意味する。つまり、大精霊達の厳しい目をくぐり抜けなければならない。腹に一物《いちもつ》持っているような人や、誰かの紐付《ひもづ》きの者は大精霊達に認められないのだ。

しかし、そんな慎重さをもってしても予想以上の応募が来てしまったようだ。

「聖域産のお酒を欲しがる商人や貴族は多いですから」

「レーヴァのポーションも人気であります」

ソフィアは聖域産のワインのファンだから、気になるのはお酒の事みたいだね。レーヴァも負けじと自分の作ったポーションが人気だと胸を張っている。

実際、レーヴァの作るポーションは、普通のポーションより明らかに効果がある。それに、精霊樹の素材から作られるポーションは少量しか出回ってないから、かなり貴重なのだ。

元より注目されていた聖域、その管理者である僕が人を求めているという情報が流れたわけだから、それはもう収集がつかない状態になってしまった、という事らしい。

アカネがちょっと面倒くさそうに言う。

「それでどうするの？　家宰なんてよっぽどちゃんとした人じゃないと、うちじゃ無理よね」

「そうなんだよな。もういっその事、ウィンディーネやシルフに面接官でもしてもらうか」

僕が冗談のつもりで言った瞬間——

その場に、水を司《つかさど》る大精霊ウィンディーネ、風を司る大精霊シルフ、そして二人に加えて、植物の大精霊ドリュアス、光の大精霊セレネーや闇の大精霊ニュクスまで現れた。

「タクミちゃ〜ん、面接官ならお姉ちゃん達に任せなさ〜い」

「そうよ。家宰を雇ったら、その子は聖域とボルトンや天空島、魔大陸の拠点を行き来するんでしょう？　なら、私達がちゃんとした人の子を選んであげるわ」

「そんな面白そうな事……っううん、大切な事を、私達抜きにはありえないでしょ」

「そうそう、私とニュクスなら人の子の悪意を見破れるわよ」

「……うん、見破る」

ドリュアス、ウィンディーネ、シルフ、セレネー、ニュクスが次々に自分達をおいて他に面接官に相応《ふさわ》しい者はいないと言ってきた。

うん。色々主張してるけど、大精霊達の本音は「面白そうだから」だね。

とはいえ、渡りに船とも言えるな。

「わかったよ。でも、面接は聖域で出来ないよ」

「大丈夫よ、タクミちゃん。お姉ちゃん達がボルトンに顕現《けんげん》するから」

「私達のチェックをクリアするのは少数だから、すぐに選別は終わるわよ」

「タクミはその中から好きに選んだらいいのよ」

ドリュアス、シルフ、ウィンディーネが次々と口にした。

楽しそうな大精霊に呆《あき》れつつ僕は言う。

「はぁ、どちらにしても、少し時間が欲しいってセルヴスさんから連絡があったみたい」

するとアカネとソフィアが告げる。

「たぶん、その時間で他の貴族や商人は、更に人を送り込む準備をするのね」

「ボルトン辺境伯だけが私達と縁を深めている今の状況は、周りからすれば妬《ねた》ましいですからね……」

きっと、そういう事になるだろう。

いずれにしても大変なのはセルヴスさんだよな。

「貴族や商人がどう思おうと、私達は関係ないわ」

「そうね。日にちが決まったら、お姉ちゃんに教えてね」

「まあ、タクミに教えてもらわなくてもわかるけどね」

ウィンディーネ、ドリュアス、シルフが言いたい事だけ言うと、「じゃあ、そういう事で」と大精霊達は揃って消えてしまった。

僕は溜息交《ためいきま》じりに呟《つぶや》く。

「セルヴスさん、驚くかな」

「大精霊様達が揃って面接官をするんですから、それは驚くと思いますよ」

「……驚く程度で済めばいいですね」

ソフィアとマリアは心配そうにしている。

いや、面倒くさがりのサラマンダーと、お酒造りに忙しいノームがいないだけマシだと思おう。

それでもボルトンに大精霊が何人も顕現なんてしたら、パニックにならないわけがないよね。本当に頭が痛くなる。

「はあ、僕は面接場所を警備するゴーレムを何体か造っておくよ」

「それならレーヴァもお手伝いするであります」

「うん、お願い」

こうして僕とレーヴァは、想像以上に大事《おおごと》になりそうな面接のため、警備用のゴーレムを造るべく工房へ移動した。


僕はレーヴァと数体の警備用ゴーレムを造り上げた。

鋼鉄製のアイアンゴーレムだ。

一応、魔法攻撃を受けた場合を考えて、ミスリルでメッキを施したので、すぐに壊れる事はないだろう。

武装は二種類で、大盾と2メートルほどの六角棒《ろっかくぼう》を装備したゴーレムと、刺股《さすまた》を装備したゴーレム。

あくまで警備用ゴーレムなので、殺傷力の低い装備で、取り押さえる事を目的としている。

まあ、2メートルを超える鋼鉄製のゴーレムが振るえば、六角棒や刺股といえど十分破壊力があるけどね。

久しぶりにゴーレムを造って楽しくなった僕は、ついつい夢中になってしまう。

同類のレーヴァはブレーキ役にはならず、更にアクセルを踏み、二人でゴーレムを造っていく。

その後、警備用ゴーレム数体を指揮する、指揮官ゴーレムを造った。

大盾に六角棒装備のゴーレム五体と、刺股を装備したゴーレムを二体、それを指揮するゴーレム一体の八体で、一小隊とじようかな。

なお、指揮ゴーレムの武装は、非殺傷武器の十手《じって》を二本装備させた。

十手は完全に僕の悪ノリだ。時代劇で見た火付盗賊改方《ひつけとうぞくあらためかた》をイメージしたんだよね。この辺は元がアラフォーのオッサンだった名残《なごり》なんだけど、アカネは全然共感してくれなかったな。

ただ、レーヴァやソフィアには面白がられた。十手は非殺傷の武器で、相手を取り押さえる事を目的とした物だと説明すると、十手の長さや鉤《かぎ》の形状のアイデアを出してくれて盛り上がったよ。

まあ、こうした一連のゴーレム造りは現実逃避とも言うんだけど。

「やっぱりメイドだけでも奴隷を買えば良かったかな……」

「ちょうど良い人を探すのが難しいのは一緒だったと思いますよ」

セルヴスさんから伝えられた状況を思い出して愚痴《ぐち》をこぼす僕を、ソフィアが優しく慰《なぐさ》めてくれる。

「私はともかく、タクミ様が購入した奴隷全員が最高の人達なのは幸運だったと思います」

「確かに……」

元は奴隷だったソフィア、マリア、レーヴァ、三人とも才能豊かで性格も申し分ない。僕がいかに豪運《ごううん》だったのかがわかる。

奴隷は理不尽な命令じゃなければ、主人に逆らえないけど、だからといってその奴隷が納得しているかはわからない。ソフィアやマリアのように、奴隷契約なしに、僕に尽くしてくれるケースはレアだと思った方がいいだろう。

ソフィアが僕に笑いかける。

「大精霊様達が、貴族達や商人達が潜《もぐ》り込ませようとするあからさまな間諜《かんちょう》を簡単に選別なさいますよ」

「そうだね、ウィンディーネ達には感謝だね」

◇

その三日後、セルヴスさんから日程が決まったと連絡があった。

面接の日程は、遠方からの参加者のために一月後になったらしい。それを聞いて、そんな遠くからも来るのかと、げんなりする僕は悪くないと思う。

僕は、セルヴスさんの手紙を読むソフィアに尋ねる。

「シドニアに教会を建設する話はどうなったんだろう」

「そちらも書かれていますね。現在、創世教の関係者と、どこの街に建設するのか話し合い中らしいです」

うんざりするのを止められない。

教会を建設するだけなのに、それが進まないのだ。

宗教に絡む問題がややこしいのはわかる。だけど話がなかなか進まないのは、きっと別の理由だろうな。

「建材をどこの国がどのくらい調達するのか、どこの街に建設すれば布教に役立つのかなど、三ヶ国と創世教、そしてシドニアの住民達の思惑が絡んで、話が進まないのでしょう」

「教会が早く建てば、孤児院の設置や炊《た》きだしなんかの施しも始められるのに……」

シドニア神皇国の復興援助と聖域の人材不足の解消、その二つの問題は、僕の狙いから大きく外れて色々な人の思惑が絡み、ちょっと面倒くさい騒動になってしまった。

そんなわけで僕は、現実逃避気味に警備ゴーレムの製作に夢中になる。そしてその合間に、ポーション類作り、聖域や天空島、魔大陸の拠点の整備などをして日々を過ごすのだった。

◇

そして、ボルトンでの面接会の日が訪れた。

朝早くボルトンの屋敷へ転移した僕達は、そこで朝食を食べ、セルヴスさんから指定された、ボルトン辺境伯家の騎士団訓練所に向かっていた。

「……嘘《うそ》だろ」

「「…………」」

「……種族も様々です」

「これは私の予想を超えているわね」

「凄い人だニャ」

「この中から選ぶのでありますか……」

広い訓練所の敷地には、僕達の想定をはるかに超えた多くの人数が集まっていた。

ソフィアとマリアは言葉をなくし、マーニは集まった様々な種族を見て驚き、アカネとルルちゃんは、その人の多さにただただ驚いていた。レーヴァはこれからこの人数を面接するのかと愕然《がくぜん》としている。

うん、僕も同じ気持ちだ。こんな大勢の中から選ぶのか……

人を雇う事がこんなに大変なんて思ってもいなかった。

3　面接

ボルトン辺境伯家の騎士に案内された先では、騎士団長のドルンさんとボルトン辺境伯が待っていた。

「随分《ずいぶん》待たせてしまったな、イルマ殿」

「いえいえ、ボルトン辺境伯様。今回はセルヴスさんにお手間をかけてしまい、申し訳ありません」

「なに、前々から聖域と繋《つな》がりを持ちたいという貴族連中や商人達が多数いて、国や儂《わし》に問い合わせが殺到しておったのだ。ならば、これは良い機会だと思ってな。一度、こういった機会を設けてやれば、彼らも諦めるだろう」

そこにセルヴスさんが姿を現す。

「そろそろ面接を始めたいと思います」

「そうか。では、イルマ殿、儂が表に出るのは差し障《さわ》りがあるので、ここで失礼する。また後ほど城で会おう」

ボルトン辺境伯はそう言うと、城へ戻っていった。

◇

設置されたテーブルに、僕達とセルヴスさん、そしていつの間にか顕現していたウィンディーネ達が座る。

「……イルマ殿、こ、これはどうした事なのでしょうか？」

「は、はははっ……」

セルヴスさんが、ウィンディーネ、シルフ、ドリュアス、セレネー、ニュクスの五人の大精霊達を見て、顔を引きつらせている。

僕の代わりにウィンディーネが答える。

「邪《よこしま》なる者を見極めるなら、私達以上の適役はいないでしょう？」

「…………」

セルヴスさん、何も言えなくなってしまったな。

会場となった騎士団訓練所には、二千人近い応募者が集まっていた。

一番多いのはメイド希望の女性達。下はルルちゃんくらいの少女から、上はベテランメイド長といった雰囲気の老齢の女性までいる。身分も幅広く、いかにも貴族から差し向けられたような身なりの良い人から、貧しい暮らしから逃れるべくはるばるボルトンまで来たのであろう、襤褸《ぼろ》を纏《まと》った少女までいた。

あまりに色々な人がいて頭が痛くなりそうだ。

「う～ん。メイドじゃなくて、聖域で保護した方がいい子もいるわね」

「そうね。そのあたりもチェックしましょう」

ウィンディーネとドリュアスはそう会話しつつ、応募者の胸に付けられた番号を控えていた。既に候補者を選別しているようだ。

ざっと見た感じ、孤児院を出たばかりの少女が、何人も応募しているみたいだな。

孤児院は、早ければ十二歳、遅くても十五歳で出なければいけない。けれど、出たところですぐに働き口を見つけられないというのが実情らしい。十二歳なんてまだまだ子供で、孤児じゃなければ親に甘えていられる年齢だと思うんだけど。

僕はソフィアに話しかける。

「孤児院にまで、今回の話が回っていたみたいだね」

「タクミ様、おそらく教会経由で情報が伝わったのだと思います」

「ああ、そうか。孤児院は創世教の教会が経営している施設がほとんどだったね」

なお、孤児院出身者であっても力仕事が出来る男の子は、仕事を見つけやすい。兵士、冒険者、職人など、ここのところの好景気に沸くバーキラ王国やロマリア王国では、むしろ引く手数多《あまた》らしい。それに比べて、女の子の就職先は厳しいとの事だった。

そうして始まった面接だけど――

「えっ！　これだけ？」

「そうね」

人数的に少ない家宰の面接からやってみたところ、ウィンディーネ達大精霊のお眼鏡《めがね》に適《かな》ったのは、たった二人しかいなかった。

僕は困惑しつつ、ウィンディーネとドリュアスに尋ねる。

「……えっと、本当に二人だけ？」

「ええ。あとはどこかの貴族の紐付きか、強欲《ごうよく》な商会から送り込まれたろくでもない目的を持った人間ばかりね」

「中には闇《やみ》ギルド関連の人もいたわぁ～。もちろん、衛兵に報告したわよぉ～」

大精霊がそう言いきるなら、僕は無理やり納得するしかない。

しかし求人にも応募してくる闇ギルドって……色々と心当たりがありすぎて困る。

一人目の男性が自己紹介を始める。

「私、セバスチャンと申します。そこにおりますセルヴスとは従兄弟《いとこ》同士ですが、その事は斟酌《しんしゃく》せずご判断いただければと思います」

見た感じセルヴスさんと同じくらいの年齢で、従兄弟というだけあって雰囲気が似ている。白髪をオールバックに撫《な》でつけ、綺麗《きれい》に整えた髭《ひげ》といい、背筋が伸びて姿勢のいい立ち姿といい、僕のイメージする執事像にハマりすぎている。

「うん、合格じゃないかしら」

「私もそう思うわ」

「……合格」

シルフ、セレネー、ニュクスが合格だと即決するけど、まだ僕達は質問も話もしていない。そもそもシルフ達は、ふるいにかけるだけで面接官じゃなかったと思うんだけど……

既に大精霊達が合格を出しているけど、僕も質問する。

「えっと、セバスチャンさんの前職を教えてもらえますか？」

「はい。とある公爵家で家宰を務めていました。この度、息子に仕事を引き継ぎ隠居《いんきょ》いたす所存でありましたが、あるスジから今回のお話を紹介していただきました。それで隠居を撤回《てっかい》いたしまして応募したという次第でございます」

「こ、公爵家……」

セルヴスさんの従兄弟なら優秀なのだろう。現に長年にわたり、公爵家の家宰を務めていたという。

その後尋ねたところ、僕のところに雇われたとしても、僕の情報を公爵家に漏らす事はないと言った。ちなみに逆も然《しか》りで、公爵家の事はほとんど教えてもらえなかった。

うん、このあたりは信用出来そうだ。

セルヴスさんが申し訳なさそうに話す。

「イルマ殿。大精霊様方のお眼鏡に適うのが二人だけとなり、しかもどちらも私の身内という、少々予想外の事態になってしまいました。私が言うのもなんですが、セバスチャンは有能なのはもちろん、人間的にも信頼出来る男でございます」

セバスチャンさんがセルヴスさんの身内なのはさておき——

「えっ！　もう一人の若い方もセルヴスさんの身内なんですか！」

「はい。私の孫、ジーヴルでございます」

そう言って、更に恐縮するセルヴスさん。

そのジーヴルさんが自己紹介してくる。

「ジーヴルと申します。イルマ様のお話は、お爺《じい》様よりよく聞いています。未熟ですが、一通り執事の仕事は身につけているつもりです」

「…………」

セバスチャンさんの横で、姿勢良く立つ二十代半《なか》ばの若者を見つつ、僕は頭を抱える。

絞り込むのを大精霊達に任せたけれど、これで良かったのか？

◇

ウィンディーネ達が太鼓判《たいこばん》を押した、セバスチャンさんとジーヴルさん。この二人は見るからに有能そうなので、決定でいいと思う。

ソフィアやマリア達も異論はないようだし。

そして現在、ウィンディーネやドリュアスが凄い人数の女の人達を選別している。とはいえ、その選別を受けている女の人達は困惑気味だ。

何故なら質問一つなされずに、合格、不合格が決められているから。

僕は心配になってきて、ソフィアに声をかける。

「大量にはねられてるけど、それでも多くないかな」

「ボルトンと聖域、両方の屋敷で雇ったとしても多いと思いますね」

大精霊達の選別に合格した人達を、このあと僕達が面接する予定なんだけど……人数の多さもさる事ながら、ちょっと選びづらいな。

というのも――

「何だか痩《や》せ細った女の子ばかりだね」

「ええ。孤児院出身の女の子じゃないでしょうか？」

マリアの言う通り、選別にパスしているのは、このまま放っておいたら夜の街へ売られていく未来しか想像出来ないような孤児達だった。

僕はマリアに告げる。

「大精霊は人とは違って、善性の存在だからね。救える子達が善良であるなら、助けたくなるんだと思うよ」

人はどんな善良な人でも、１００パーセント善なんてありえない。対して大精霊達は１００パーセント善でしかなく、悪の部分は1パーセントもない。

大精霊は何だかんだいって善《よ》い奴なのだ。

その時僕は、大精霊達の選別をくぐり抜けた中に、周りから浮いている女性を見つけた。

「あれ？　随分とお歳《とし》を召した方がいるな」

「タクミ様、たぶんメイド長候補だと思いますよ」

「ああ、なるほどね。そういえばミーミル王女の侍女の中にもいたね」

マリアの答えに納得する。

ウィンディーネ達は、メイド達を教育する人材としてあの女性を選んだのかな。確かに背筋がピンと伸びていて、立ち姿が凛《りん》としてカッコイイな。

しばらくして一通り選別が済んだようだ。

メイド候補の中には、ボルトン辺境伯、ロックフォード伯爵、バーキラ王国宰相のサイモン様から送り込まれた人もいたらしい。そうした人達は、他の多くの貴族達から送り込まれた人達と違い、大精霊達の選別をパスしているとの事。

最終的に残ったメイド候補は、三十人だった。

なお、その人数に保護する子達は入っていない。そうした子達には、聖域で暮らさせながら出来る仕事を探させるんだって。

ウィンディーネが話しかけてくる。

「タクミ、終わったわ。あとは仕事場をボルトンと聖域とに分けるだけね」

「あの、面接は？」

「もう聞くべき話は聞いてあるわよ。どこの出身で何が出来るのか程度だけどね。でも、仕事は何も出来なくても問題ないでしょう？」

「……まあ、構わないけど」

そうして「なら、もう全員合格ね」と勝手に決めてしまったウィンディーネに、僕のいる意味は？　と問い詰めたくなる。

僕は大きく肩を落とし、マリアに話しかける。

「はぁ……せめてベテランの方と即戦力の方とは、少しお話しさせてもらおうか。残りの子達はまずお風呂とご飯だね」

「じゃあ、先に私とマーニでボルトンの屋敷に連れていって、お風呂に入れてご飯を食べさせておきますね」

マリアが立ち上がりながらそう言い、マーニも頷く。

「ありがとう。ついでに、下着や着替えの服と日用品の買いだしもお願いね」

僕はマリアにお金を渡して、少女達の世話を頼んだ。それから、横で満足げにしているウィンディーネの方を見る。

「これでいいんだろ？」

「わかってるじゃない」

どうやったかわからないけど、ウィンディーネはボルトン辺境伯とセルヴスさんに、働き口を見つけられなかった孤児を集めさせていたらしい。それを聞いて唖然《あぜん》としていると、ウィンディーネから「手の届く範囲で助けてあげてほしい」と真面目な顔で言われた。

「タクミの手なら遠くまで届くでしょ。さあ、面接の続きをしましょう」

「はぁ、わかったよ」

何かハメられた感はあるけど、僕としても異論はない。実際、聖域でならいくらでも仕事はあるからね。


僕は、残ってもらった女の人達を見る。

メイド長候補の女性が一人と、二十代半ばから十代後半の四人の女性、合わせて五人の女性が残っていた。即戦力のメイド候補だ。

採用は決まったようなものだけど、一応年配の女性から面接を始めようかな。人となりを見ておきたいからね。

「メリーベルと申します。バーキラ王国ボルトン辺境伯領の生まれでございます。前職はとある辺境伯家でメイド長を務めていました」

上品そうに話すメリーベルさんだけど、「とある辺境伯家」って、ボルトン辺境伯家以外考えられないんだけど。

セルヴスさんを見ると、彼は複雑そうな表情をしていた。

「メリーベルは、確かにボルトン辺境伯家のメイド長でございました。それがこの話が動きだすやいなや、ゴドウィン様に暇乞《いとまご》いをいたしまして……」

「えっと、良かったんですか？」

「もちろんでございます。新しく刺激的な仕事に胸躍《むねおど》る気分でございます」

ニコニコとそう言うメリーベルさん。

どうやらそろそろ引退するつもりだったようだけど、僕が聖域とボルトンの屋敷のメイドを募集すると聞き、新人の教育をしながら聖域で暮らすのも悪くないと思ったそうだ。メリーベルさんは思いついたら即行動するタイプで、その日のうちに暇乞いをしたらしい。

「す、凄い行動力ですね」

「お褒《ほ》めにあずかり光栄でございます、旦那様《だんなさま》」

見事な角度で頭を下げるメリーベルさん。

ソフィアとマリアもメリーベルさんの独特の空気に呑《の》まれていたけど、ともかくうちのメイド長は彼女で決まったようだな。

続いて、残りの四人の面接……というか自己紹介に移る。

「それでは私から自己紹介させていただきます。マーベルと申します。メリーベルは私の祖母でございます。メイドの仕事は祖母に仕込まれていますのでお任せください」

そう自己紹介したマーベルさんは、二十代半ばのライトブラウンの髪にクールな雰囲気で、いかにも仕事が出来そうな女性だった。四人の中で年齢が一番上らしく、既にリーダー的ポジションになっている。

次に自己紹介したのは、サーラさんという二十歳の女性。この世界には珍しい黒髪だけど、顔立ちは西洋人風で、大人しそうな美人さんだ。

その次がアンナさん。十八歳でセミロングの金髪を後ろでまとめた、元気そうな明るい印象を受ける少女。

最後の子がティファさん。十六歳で綺麗な青い髪の少女。青い髪の色っていかにも異世界だと思った。柔らかな雰囲気の子で、優しげな大きな垂れ目が印象的だ。

「先ほどの少女達の教育も、お祖母《ばあ》様と私達にお任せください」

マーベルさんがそう言って頭を下げると、練習したかのように、サーラさん、アンナさん、ティファさんも頭を下げた。

みんな角度までぴったり一緒だった。

「あ、ああ、頼むよ」

思わずそう言ってしまったけど、これって面接だったよね。名前と年齢しか聞いていない気がする。始まるまで緊張していた僕は何だったんだろ。

なお、このマーベルさんをはじめとする四人のメイドはそれぞれ、ボルトン辺境伯家、ロックフォード伯爵家、バーキラ王国の宰相サイモン様、そしてなんとロマリアの宰相ドレッド様からの紹介だった。

それでも、僕の情報は絶対に紹介元に漏らさないとの事。まあ、サイモン様やドレッド様もそういう目的で、彼女達を送り込んだんじゃないんだろうし。

ウィンディーネとシルフが言う。

「じゃあ、私達は聖域に戻るわね」

「あまり長く聖域以外で私達が顕現していると、どんな影響があるかわからないものね」

「ちょっ、大丈夫なのか？」

シルフの問題発言に僕が慌てていると、ドリュアスが言う。

「大丈夫よ、タクミちゃん。じゃあ、お姉ちゃんは行くわ」

続いて、セレネー、ニュクス。

「うん、面白かったわ」

「……バイバイ」

ドリュアス、セレネー、ニュクスが僕に手を振ったと思ったら次の瞬間、彼女達はその場から消えていた。


その後、僕はセルヴスさんにお願いして、今回不合格となった人達に、銀貨を五十枚ずつ配ってもらう事にした。欲深い貴族や商人から遣わされたとしても、わざわざボルトンまで長旅してきた人もいる。流石に手ぶらで帰すのは忍びないからね。

銀貨五十枚は日本円にすれば、五万円程度。少なくもないけど大した額じゃない。これは僕の自己満足だ。

セルヴスさんは、彼女達はそれぞれの貴族家からお金をもらっているので、そこまでする必要はないと言ったけどね。

まあ、僕のところで不採用でも、ボルトンもウェッジフォートも人手不足なので、仕事は色々とあると思う。

さて、やるべき事はたくさんあるぞ。うちで新しく働く事になる人達のために、服とかも作らないとな。僕がそう考えていると、僕の思考を読み取ったかのように、アカネが言ってくる。

「メイド服ね……当然、揃えるべきね」

「ルルと同じですニャ」

「スカートはロングにするわ」

早速、メイド服に決定してしまった。

うちではルルちゃんが、秋葉原《あきはばら》のメイド喫茶で出てきそうなメイド服を着ていたりする。これは当然アカネの仕業《しわざ》。マリアが着ている服も、メイド服に見えなくはないけど。

「ふふふっ、色々とデザインしないと。カラーバリエーションも必要ね……」

アカネが自分の世界に入ってしまい、ブツブツと呟いている。


それから僕は、晴れて僕の屋敷の家宰になったセバスチャンとジーヴル、それとメイド長を任せるメリーベルを呼び、ボルトンの屋敷へ移動すると告げた。

最後にセルヴスさんに、騎士団の訓練所を貸してもらったお礼をもう一度言い、後日改めてお礼に伺うと言って、その場をあとにする。

◇

マリアとマーニは、雇い入れた少女達を、ボルトン辺境伯家から借りた馬車に乗せていったようだけど、僕の方はいつもの装甲馬車を使う事にした。

最初に見せておくと、面倒がなくていいと思ったんだ。

……でもそれは早計だったかもしれない。

僕がアイテムボックスから馬車を取りだすと、皆口を開けて呆然《ぼうぜん》としてしまった。メリーベルの表情は面白かったけど、そんな事言うとあとで怒られそうだな。

更に亜空間《あくうかん》から巨大な体躯《たいく》をした、グレートドラゴンホースのツバキが現れると、マーベル達は悲鳴を上げた。

セバスチャンもジーヴルも腰を抜かしていて手伝えそうにないので、僕とレーヴァで手早く馬車にツバキを繋ぎ、みんなを馬車に乗るように促《うなが》す。

「……わっ、わ、私が馭者《ぎょしゃ》を務めさせていただきます」

復活したジーヴルが慌ててそう言うけど、それは必要ない。

「うん。今後はジーヴルに馭者をしてもらう事もあるかもしれないけど、今日はいいから馬車の中でゆっくりしてて」

「「ひっ！」」

「紹介しておくね。彼女がアラクネのカエデ。僕達の家族だから」

僕が、ツバキの背にいつの間にか乗っているカエデを指差して言うと、ジーヴルとセバスチャンは言葉を失っていた。

「「…………」」

ボルトンの街でカエデは有名だから怖がる人はいないけど、王都で暮らしていたセバスチャンとジーヴルには刺激的だったみたいだ。

何とかセバスチャン達を馬車の中に押し込み、僕達はボルトンの屋敷に向けて走りだした。

4　人が増えると大変です

馬車で移動しつつ僕は思案する。

新しく僕のもとで働く事になった人達に、どこまで秘密を知ってもらおうか。転移ゲートや天空島などは教えない方が良さそうだけど……いや、もう隠す必要はないか。僕が聖域の管理者だという事も知られているしね。

やはり、転移ゲートだけは近いうちに話してしまおう。聖域まで移動するのに、毎回馬車なんて面倒だもの。

屋敷に到着し、ツバキを亜空間に、馬車をアイテムボックスに収納した僕は、セバスチャン達を屋敷の中へ誘う。だが、ボルトンの屋敷は警備用ゴーレムが常時警戒しているので、登録された人間以外は通れない。

僕はみんなに告げる。

「全員の魔力パターンを登録するので、順番に一人ずつ進んでください」

「こ、これが警備用ゴーレムでございますか……」

「……」

セバスチャンが、身長2メートル50センチの魔鋼製《まこうせい》ゴーレムを見て身を固くする。メリーベルも絶句していた。まあそれも仕方ないと思う。どんな貴族や豪商でも、屋敷の警備にゴーレムは使わないだろうからね。

僕は固まる一同の登録を強引に済ました。

「よし。これでみんな、ゴーレムに止められたり攻撃されたりしなくなりました。じゃあ、中に入ってください」

屋敷に入ると、入り口すぐの場所で、マリアとマーニが連れ帰った少女達が身綺麗になって並んでいた。服は帰る途中で買ったようだ。お風呂に入ったおかげで肌のくすみが取れ、ゴワゴワだった髪の毛も整えられている。改めて見てみると、人族、ドワーフ族、獣人族と様々な種族の子がいた。年齢は上は十五歳くらい、下は十歳くらいに見える子もいる。

あまりにも若いので僕が首を傾げていると、マリアが説明してくれる。

「予算の厳しい孤児院では、年齢に関係なく働けるようになったら、強引に追いだしてしまう場合もあるらしいですね」

「……そうなんだ」

「「「……………」」」

僕達を見て、少女達は身体を強張《こわば》らせていた。僕は、そんな少女達をリラックスさせるように優しく話す。

「みんなには、屋敷の管理のお手伝いをしてもらう事になります。それで、家宰の役目をしてもらうのが、こちらのセバスチャン。奥にいるジーヴルには、ひとまず補佐として働いてもらいます。メリーベルには、マーベル、サーラ、アンナ、ティファと一緒に、この子達の教育をお願いします」

僕がセバスチャンとメリーベルの方を見ると、二人はその視線の意味を理解したみたいで、女の子達に向かって自己紹介する。

「家宰のセバスチャンでございます。旦那様のスケジュール管理、貴族や商会との交渉など外向きの仕事が主になります。以後、お見知りおきを」

「メリーベルと申します。私はメイドの仕事と、屋敷の管理、旦那様や奥様方のお世話など、内向きの仕事の責任者となります。あなた達の直接の上司という事になりますね。ともにイルマ家のために頑張りましょう」

すると、少女達は声を揃えて応える。

「「「よろしくお願いします！」」」

少女達の中には幼い年少の子達もいる。今日だけで色んな事があり疲れてしまったようで、眠気を必死で我慢していた。

僕はマリアに声をかける。

「今日はもう部屋で休んでもらおうか」

「わかりました。みんな私について来て」

「「「はい！」」」

新しく人を雇うと決めてから、使用人用に建物を建てておいた。想定よりもだいぶ人数が多いけど、部屋とベッドには余裕があるかな。

マリアとマーニは、少女達を使用人用の建物へ連れていった。


その後、セバスチャンとメリーベル達メイドを交えて、みんなで話し合う。

ひとまずリビングに全員座ってもらい、改めて僕達の事を詳しく紹介する。うちには他では絶対見られない、カエデやタイタンといった仲間がいるからね。それを終えると、今後の予定を話しておく事にした。

「セバスチャンにはさっき話した通り、この屋敷で外との窓口として働いてもらいたい。ジーヴルはセバスチャンの補佐をお願い」

「「わかりました。精いっぱい務めます」」

なお、セバスチャンには更に重要な役目があって、シドニアでの教会建設のために、創世教やバーキラ王国、ロマリア王国の担当者と細かな話を詰めてもらいたい。

メリーベルやマーベル達にもさっき言ったけど、メイドとしての仕事の他に、少女達の教育により力を注いでもらおうと思う。

あとは、料理人の雇用や庭職人の雇用なんかも任せてしまおうと思っている。

みんな、僕が選ぶよりも確かだと思うしね。

◆

長く執事の仕事一筋に生きてきた私、セバスチャンが隠居を考え始めた時。セルヴスから、ある家の家宰をしてみないか、と誘われました。

どんな家なのか聞いてみると、貴族ではなく平民の家だと言うではありませんか。

しかもセルヴスは、自分の孫のジーヴルも誘ったのだとか。

少々気になったので、長年培《つちか》った人脈を活かして情報を収集してみたところ、驚きの連続でした。

近年、王国内で普及し、街の衛生環境を激変させた浄化《じょうか》の魔導具と、その機能が付いた便器を開発した方だったとは……

どうやら、そんな有名人であるイルマ・タクミ殿の、対外的な事全般を差配《さはい》するお役目だそうです。

早速、募集に応募してみました。

面接当日、ボルトン辺境伯領の領都ボルトンの城にある騎士団の訓練所に行くと、たくさんの人が集まっておりました。その数二千人ほど。

応募者の顔ぶれを見て、イルマ殿がただ者ではない事が改めてわかりました。

というのも、八割以上が貴族の紐付き。しかも、ろくでもない貴族から送り込まれたのは明白でございます。イルマ殿に取り入ろうという魂胆《こんたん》でございましょう。

まあそれを言えば、私も送り込まれたようなものですが。セルヴスとは別に、宰相閣下と陛下からもお声かけいただいたので。

それはさておき、その後しばらくして家宰候補の面接が始まりました。

驚きました。長く生きてきて、常に冷静でいる自信がありましたが、その私が声を失いました。

面接官の座るテーブルに、大精霊様達が顕現されて並んでいるのです。

そんな私の驚愕をよそに、家宰の面接はあっという間に終わりました。

残ったのはたった二人、私とジーヴルだけ。

その後すぐに行われたメイドの面接も、それほど時間をかけずに終了。あれだけの人数がたった三十人ほどになっています。それ以外に、孤児院を出たばかりの子達も集められていましたが……

おや、あれはメリーベルではありませんか。

まさか彼女まで応募していたとは……

私の残りの人生は、なかなか面白い事になりそうです。

◆

私はメリーベルと申します。以後お見知りおきを……

さて、この度、あるお方がメイドを求めておられるとのお話を耳にいたしました。そのお方というのは、ボルトンでは知らぬ者がいない変わった人物。浄化の魔導具にてボルトンを清潔な街に変え、冒険者や病人向けに、安く効果の高いポーション類を普及させた錬金術師《れんきんじゅつし》であり薬師《くすし》。

彼の功績は、ボルトン辺境伯領躍進の原動力とさえ言われています。また彼は、ウェッジフォートの街の建設と、聖域の誕生に関わっているとされております。

そのお方、イルマ様という年若い青年が、ボルトンと聖域にある屋敷の管理を任せられるメイドを求めている。

これは応募しなければ――

早速ボルトンに出向いてみれば、我が孫のマーベルの姿を見つけたではありませんか！　あの子は確か伯爵家で奉公していたはず。イルマ様と伯爵家の縁を繋ぐ役割でも担っているのでしょうか。

それにあれはセバスチャン様？　あの方は公爵家の執事の職はどうしたのでしょう……

想像以上に、イルマ家はバーキラ王国にとって重要なのだと理解いたしました。ですが、私が冷静でいられたのはそこまで。

大精霊様？　何の冗談なのでしょうか。

えっ！　大精霊様達が面接されるのですか？　冗談ではなしに……はい、本当に大精霊様達が応募者を選別していました。それはもうスピーディーに。

開いた口が塞《ふさ》がらないとはこの事でしょう。二千人いた応募者が、あっという間にたった三十人ほどに減ってしまいました。

ただ、それ以外にも貧しい子供達を保護しています。そしてイルマ様はそれを何も言わず許していらっしゃるのです。

あっという間に面接の結果が出たようです。

家宰候補はセバスチャン様ともう一人、若い青年。メイドは私とマーベル、他の三人がメイド経験者ですね。

あとは、貧しい生まれの孤児でしょうか。年齢的に、孤児院を出て間もない子供達のようです。

昨今、好景気に沸くバーキラ王国ですが、孤児院出身者がまともな雇用先を得るのは難しいのが実情。男の子であれば仕事先を見つけられるでしょうが、女の子となると……

大精霊様と話されているイルマ様の様子を窺《うかが》っていると、彼女達は全員雇用されるようです。

いずれにしても、これは私も責任重大ですね。素人を一人前に育てるのが私の仕事になるのですから。

徳の高い貴族家は、社会貢献の一環として孤児の保護などをするそうです。イルマ様もそういう立場という事でしょう。

ああ、自己紹介は私の番ですね。これから楽しくなりそうです。

◆

私は幼い頃に両親を亡《な》くし、創世教の孤児院で育ったわ。

孤児院では早ければ十二歳、遅くとも十五歳には仕事を見つけて、出ていかなければいけないの。

男の子達に人気の仕事は冒険者。危険と隣り合わせだけど、一流の冒険者はお金持ちだから、男の子が憧れるのもわかる。女の子でも魔法に適性のある子は冒険者を目指すしね。

男の子は他にも仕事が選べて、商人や色々な種類の職人と、ほぼ全員が何がしかの仕事にありつけるの。よく分からないけど、景気が良いからだって。

でも女の子となると、少し話が変わる。

女の子が就ける仕事はとても少ないの。だから夜の街で身を売る子が多いんだけど、私はそんなのゴメンだわ。

孤児院では文字の読み書きは教えてもらえるけど、ちゃんとした礼儀作法は身につけられない。そういうのもあって、孤児院出身の女の子を雇ってくれる仕事場はほとんどないの。

私が育ったのは、ボルトン辺境伯領に近い子爵家の街にある孤児院。運営費が少なかったから、みんな仕事を見つけるために必死だった。

私もとても焦っていたんだけど、そんな時、パペック商会で働く孤児院のＯＢが教えてくれたの。ボルトンでメイドの募集があるから行ってみたらと。

読み書きは大丈夫だけど、礼儀作法が不安だと言うと、そこでは一から教育してくれるから大丈夫なのだとか。何でも、パペック商会と関係の深い家の使用人の募集らしいわ。

ボルトンの街で行われた面接の会場は、凄く広い場所だった。

普段は騎士様達が訓練する場所らしいの。そこにもの凄く大勢の人がいて、面接が始まるのを待っていた。

私は、自分はあまりにも場違いなところに来てしまったと後悔した。

だって、二千人もいるって聞いたんだもの。それに、私みたいに痩せて粗末な服を着た子はほんの一握り。

ほとんどが、どこかの貴族の家でメイドとして働いているような人達ばかりだった。

ボロボロの服を着た自分が恥ずかしくて恥ずかしくて、私は同じ孤児院のお友達と二人端の方で小さくなっていたの。

しばらくすると、不思議な事に、あれだけいっぱいいた子達がどんどんいなくなっていた。面接ってこんなに早く済むの？

面接場所が見えてくると、私の驚きは頂点に達した。

「……嘘、精霊様⁉」

精霊様のお姿を見た事はないけど、それでも間違うはずはない。存在感が、人のソレではありえないもの。

思わず私は、その場で跪《ひざまず》きそうになった。

面接がこれほどのスピードで進む理由がわかったわ。大精霊様達は、応募者を一目見ただけで合否を決めていたの。

「ねぇ、私達は合格なのよね？」

「う、うん、そうだと思うけど……」

最終的に残されたのは、家宰の面接を受けた中から二人の男の人。メイド候補はベテランの年配女性と、仕事の出来そうな女の人達合わせて五人。そこにメイド見習いの女の子が二十人くらい。

残りは私達と同じような境遇の女の子や、まだ孤児院を出るには早い小さな男の子。

何かの間違いじゃないかと不安になる私達を連れて、雇用主様の奥様二人は訓練所を出ました。


そこからは夢のような時間だった。

いきなり街の服屋で、全員分の服と下着を数着と、日用品を買ってもらったの。そして案内されたのが、ボルトンにある旦那様のお屋敷。

驚きの連続だったわ。

門を護《まも》る、鉄の大きなゴーレムが二体。奥様の指示に従い、私は自分の魔力を登録したの。これをしておかないと、自由にお屋敷へ入れないみたい。続けて、屋敷の敷地内を巡回するゴーレムにも魔力を登録。

その後、生まれて初めてのお風呂へ。

お風呂の入り方も丁寧に教えてもらった。身体を洗う石鹸《せっけん》や、髪の毛を洗う専用の液体石鹸もとてもいい香り。まるで貴族様になったような気分だわ。

お風呂上がりに買ったばかりの綺麗な下着と服を着て、サラサラになった髪の毛が不思議でついつい触ってしまう。

お風呂から上がった私達を待っていたのは、食べきれないほどの美味しい食事。

全員が泣きながら夢中で食べたわ。もう、このあと騙《だま》されて売られても悔《く》いはないと思うくらい。

女神ノルン様、お願いします。

どうか、このお屋敷で働けますように！

5　蠢《うごめ》きだす

タクミが家宰とメイドを雇用しようとあれこれしていた頃。

タクミに一方的な恨《うら》みを抱く、とある輩《やから》が動きだした。

その男は、トリアリア王国辺境にあるアジトで、ムッとした表情を浮かべて、様々な方面から集めた情報の報告書を読んでいる。

男の名は、フォルバック。

はぐれエルフにして、闇ギルド「月影《つきかげ》の梟《ふくろう》」のボスである。

タクミ襲撃に失敗し、手痛い反撃をくらった彼だったが、一度決めたターゲットは、目的を完遂するまで狙うのがポリシー。

バーキラ王国内にあった月影の梟の拠点はことごとく潰され、その損害たるや莫大な額になっている。それにもかかわらず、タクミの居所は依然として掴《つか》めずにいた。

「くそっ、とんでもねぇ野郎じゃねぇか」

吐き捨てるように、フォルバックは言う。

情報から読み取れたのは、タクミは平民でありながら、バーキラ国王、宰相、ロックフォード伯爵、ボルトン辺境伯といった名だたる王侯貴族と懇意《こんい》であるという事。それだけでなく、ボルトン辺境伯家の騎士団、冒険者ギルドのギルドマスター、大陸でも有数の商会であるパペック商会とも浅からぬ繋がりがある事だった。

トリアリア王国の辺境をアジトにする月影の梟は、バーキラ王国の拠点を失ったおかげで、未開地関連の情報を得づらい。それでも、ボルトン辺境伯が未開地にウェッジフォートという城塞都市を建設した事、更にロマリア王国も未開地に砦を築き、ウェッジフォートへの街道を通したという話は伝え聞いていた。

どうやらそれら事業にもタクミが関わっているようだった。

「更には聖域の管理者だと？　何の冗談だ」

大陸の西の果ての未開地に突如現れた聖域と呼ばれる土地、その噂は遠く離れたトリアリア王国の辺境にも届いている。

そしてその聖域を巡り、トリアリア王国の軍隊とシドニア神皇国の魔人部隊が戦争を仕掛け、バーキラ王国、ロマリア王国、ユグル王国の三ヶ国合同軍に散々に討ち果たされた事は、フォルバックも知っていた。

「その戦争に一枚噛むどころか、砦の建設や結界の設置、シドニアの魔人討伐に大活躍だと？　俺は竜の尾でも踏んだのか？」

フォルバックは書類から目を離し、天を仰《あお》いだ。

タクミに絡む情報は不確かな部分が多い。しかし月影の梟がここまで衰退した原因に、タクミが関係しているのは間違いないとフォルバックは確信していた。長年、裏の世界だけを歩んできた勘《かん》が、そう告げていたのだ。

「落とし前はつけなきゃならねぇ。裏の世界は舐められたらお終《しま》いだ。この仕事がどれだけ難しくてもな」

フォルバックは、どうやったらタクミを殺せるか考える。

殺したとしても、報酬をくれる依頼主はいない。

だが、自分が長い時間をかけて大きくしてきた組織を、めちゃくちゃにされた報《むく》いは受けてもらわねばならない。

フォルバックは一人、怒りを募《つの》らせていた。

◆

時を前後して、もう一人精霊の声を失った男が動きだそうとしていた。

精霊とともに生きるエルフでありながら、精霊の声が聞こえなくなり、精霊魔法を使えなくなった男。性に消極的とされるエルフの中にあって、エルフの皮を被ったオークと陰口《かげぐち》を叩かれる、ホーディア伯爵である。

「くそっ！　ふざけやがって！　ソフィアの結婚など認められるわけないだろう！　アレは儂のモノだ！」

ユグル王国は、聖域で行われたソフィアの結婚式の話で持ちきりだった。精霊や精霊樹から祝福された見事な挙式だったとか、教会が荘厳《そうごん》だったとか、披露宴で出された料理まで素晴らしかったとか。

貴族達はそれらを羨《うらや》ましがり、ぜひ聖域を訪れたいと騒いでいたが――ホーディア伯爵は、ソフィアの結婚式を邪魔するどころか、未だに聖域に一歩も足を踏み入れる事が出来ず、怒りに震えていた。

「おい！　まだ聖域に入る方法は見つからないのか！」

「も、申し訳ございません。なにぶん強力な結界が邪魔をしまして……アレはエルフの術師では破れぬ結界だと思われます」

「くそっ！　忌々《いまいま》しい大精霊どもめ！　大人しくその辺を漂っていればいいものを！」

精霊を信仰するエルフにあるまじきセリフを吐くホーディア伯爵。彼は周囲を騒然とさせつつも、更に叫び散らす。

「そのソフィアと結婚した男は、聖域に閉じこもっているわけではあるまい。どんな手を使ってもいい。殺せ！」

彼の怒りの矛先《ほこさき》は、自分が弄《もてあそ》ぶはずだったソフィアを奪った男、タクミへ向かう。

ホーディア伯爵の命《めい》を受けた部下は、タクミを殺してくれる者を捜す中で、とある闇ギルドにたどり着いた。

偶然なのか必然なのか、精霊の声を失った二人のエルフが今、交わろうとしていた。

◆

拠点を潰された復讐のため、そして潰されたメンツを取り戻すため、フォルバックは明確な証拠を得ぬまま、仇《かたき》はタクミだと決めつけた。

ちょうどそこへ、ユグル王国の貴族からまさに渡りに船の仕事の依頼が入る。

――タクミ・イルマの抹殺《まっさつ》。

依頼主の名前は伏せられているが、フォルバックは腐ってもエルフだ。相手も同じエルフだと見抜くのは難しくなかった。

ユグル王国で、闇ギルドを使おうとする者は絞られる。

「……依頼主は、ホーディア伯爵だ」

ターゲットであるタクミは、一筋縄でいくような相手ではない。そう考えたフォルバックは自ら赴《おもむ》き、依頼主と接触する事にした。

フォルバックの右腕とも言える部下が不思議そうに聞く。

「ボス、わざわざウェッジフォートまで行くんで？」

「ああ、ターゲットに縁のある場所だ。何かわかるかもしれないしな。それにな、ユグル王国のホーディア伯爵といえば、エルフにあるまじき腐った奴だ。裏の仕事をする子飼いの兵隊もいるだろうからな」

「なるほど、そいつらも利用すると」

「ああ、使えるモノは何でも使う」


その後、フォルバックは少数の護衛を連れて、ロマリア王国経由でウェッジフォートを目指した。

トリアリア王国からウェッジフォートまでは、直接未開地に入る方が早いのだが、街道がまともにないトリアリア側の未開地を行くのは無謀なため迂回したのだ。

それと同時にフォルバックは、腕利きの戦闘員をウェッジフォートに集結させるように指示した。

こうして、情報収集に特化した者と、暗殺に特化した人員が集められていくのだった。

◆

一方その頃、大陸の南に位置する貿易国の賑やかな港町にも、タクミへの恨みを募らせる男達がいた。

金になりそうな、エルフのソフィアとグレートドラゴンホースのツバキ、立派な装甲馬車を強奪しようと急襲し、呆気なく返り討ちに遭ったサマンドール王国の貴族、セコナル伯爵とボターク伯爵である。

彼らが使った闇ギルドと傭兵達は犯罪奴隷に堕とされ、それによって二人は莫大な補償金を毟《むし》り取られる事になった。つまり儲け話から一転、大金を失う事になったのだ。その額は、ただでさえ右肩下がりの商会が、傾きかねない痛手だった。

どこからどう考えても自業自得《じごうじとく》なのだが、二人はタクミへの逆恨みを募らせていた。

家宰が、激昂《げきこう》するセコナル伯爵にやんわりと言う。

「旦那様、もうおやめになった方が……」

「うるさい！　平民風情に馬鹿にされたままで済ませられるか！　儂がいくら損したと思っておる。闇ギルドや傭兵ギルドの奴ら、自分達の不甲斐《ふがい》なさを棚に上げて、補償だの何だのとうるさく喚《わめ》きおって！」

セコナル伯爵は、お金への執着心が強いだけでなく、選民意識に凝《こ》り固まっていた。

プライドの高い彼は、自分がタクミを襲撃して殺そうとした事など忘れ、タクミに更なる殺意をたぎらせる。

「あの闇ギルドでは力不足だったのだ。おい！　大陸中の腕利きの暗殺者を擁《よう》する闇ギルドを探せ！」

「……かしこまりました」

長年の経験から、主人にはこれ以上何を言っても無駄だと諦めた家宰は、あらゆる伝手《つて》をたどり闇ギルドの組織を探し始めた。


なお笑える事に、まったく同じやり取りがボターク伯爵家でも行われていた。

セコナル伯爵とボターク伯爵。二人の欲深《よくふか》な者が、大陸の裏で名を馳《は》せる月影の梟にたどり着くのは必然だったのだろう。

かくして、恨み・強欲・嫉妬・殺意がひとところに集まろうとしていた。

6　色々揃えよう

家宰、メイド、合計三十人を新たに雇用する事になったので、報酬とかもちゃんと決めておこうと思う。

家宰のセバスチャンには、年間金貨百枚。メイド長のメリーベルは、年間金貨七十枚。

セバスチャンの補佐役のジーヴルが、年間金貨六十枚。マーベル、サーラ、アンナ、ティファのメイド経験者は、年間金貨五十枚。

残りの子達には、年間金貨二十枚とした。

ところがこの金額を伝えたところ、使用人に払う給料にしては多すぎるとセバスチャンとメリーベルから怒られてしまった。特に、これから教育を受けて仕事を覚えなきゃいけない子達は、衣食住の面倒を見ているのだからと。

セバスチャンが困ったように言う。

「……旦那様、半人前以下の者には過ぎた額だと思いますが」

「使わない分は貯めればいいいし、将来、自分で何かしたくなった時に必要だろうから、別にいいんじゃないかな」

僕がそう言うと、セバスチャンだけでなく、隣にいたメリーベルやジーヴルまで呆れた顔をした。

セバスチャンが更に言う。

「旦那様がよろしいのならこれ以上何も言いませんが、彼女達だって、いきなり大金を持たされたら、盗まれるのではないかと不安になると思います」

「ああ、そういう考え方もあるのか」

僕はピンと来てないけど、それが普通の感覚なのかもしれない。

ちなみに、セバスチャン達からは「旦那様」と呼ばれる事になった。普通に「イルマさん」か「タクミさん」でいいと言ったのに、受け入れてもらえなかったんだよね。

余談だけど、呼び方がかぶるのでマーニは僕の事をソフィア達に合わせて「タクミ様」と呼ぶ事になった。

呼び捨てでもいいんだけど、そう思うのは僕だけらしい。

アカネはずっと呼び捨てなのにね。

◇

セバスチャンの心配通り、少女達は大金が手元にあるのを怖がった。なので、僕が預かって、月々に必要な分だけを手渡す事に決まった。

「タクミ様は、少し常識を学ぶ必要があるかもね」

「そうでありますな。孤児院を出たばかりのメイド見習いに、金貨を二十枚も渡すなんて、どんな嫌がらせでありますか」

マリアとレーヴァからも責められた。

アカネは僕と価値観が近いからか黙っていたな。普段の金遣いの荒さを指摘されると困るからだろう。

まあ、確かに普通に暮らすだけなら、年に金貨二十枚もいらないかもね。

「お、お金の話はもうお終い！　メ、メイドといえば、メイド服を作らなきゃ！」

何故か慌てたように、アカネが言いだした。たぶん、居心地の悪さを感じたんだろうな。わかりやすい奴。

「カエデちゃん、マリアちゃん、メイド服のデザインを考えよう！」

「呼んだーー？」

「「「ひっ！」」」

アカネに呼ばれ、カエデが現れた。するとセバチャン達が悲鳴を上げて固まったので、僕はみんなを安心させるように言う。

「大丈夫。カエデは僕の従魔だから心配ないよ。普通に会話出来るし、コミュニケーションが取れるからね」

「マスター、いっぱい人がいるねー」

呑気なカエデに対して、みんな恐怖に震えている。うーん、セバスチャンとかは一度会っているはずなのに、全然慣れてくれないな。

みんなが落ち着いたところで、僕はカエデにお願いする。

「カエデ、この子達にメイドとして来てもらう事になったんだけど、メイド用の服をアカネとマリアとで作ってほしいんだ」

「うん、わかったー！　ルルが着ているのと似た感じー？」

「その辺は、アカネやカエデに任せるよ」

「了解でーす！」

ルルちゃんが着ているのは、アカネの趣味で秋葉原のメイド喫茶かとツッコミたくなる感じのメイド服になってるから、女の子達には大丈夫でもメリーベルには無理だろうな。

せめて、メリーベルとマーベル達経験者組は、ロングスカートのビクトリアンメイド服にしてもらわないと。

「セバスチャンさんやメリーベルさん達も採寸するから、工房までお願いしますね」

アカネがそう声をかけると、セバスチャンとメリーベルが慌てたように言う。

「お嬢様、セバスチャンとお呼びください」

「私達使用人に、さん付けはいけません。どうか呼び捨てでお願いします」

「う、うん、わかったよ」

使用人と言われても、日本で女子高生だったアカネはすぐには馴染めないよな。まあ、僕も馴染めてないし、これは慣れるしかないんだろうけど。

その後、アカネとルルちゃんに先導されて、セバスチャンやメリーベル達は工房へ行った。

なお、ルルちゃんはアカネ専属の侍女という立場はそのままらしい。メイドが増えても、アカネのお世話をする役目は辞めないとの事。

さて、僕も必要な家具や魔導具をレーヴァと協力して揃えるか。

◇

一気に三十人も雇用するなんて思っていなかったけど、何とかしないとね。

サクッと二段ベッドを作り、しばらくの間窮屈《きゅうくつ》だろうけど、一部屋に八人で生活してもらうようにする。

セバスチャンやメリーベルには、流石に個室を割り振ったけどね。

それから中庭に移動し、メイド見習いの子達のための建物の建設をする。

セバスチャン曰く、同じ屋根の下で暮らすよりも、その方が気が楽だろうとの事。プライベートな時間は大切だという事なのかな。

敷地は無駄に広いから余裕はある。基礎を土属性魔法で整地すると、アイテムボックスから色々取りだした。石材、木材、ガラスの素材となる珪砂《けいさ》、ソーダ灰、石灰。補強や窓のサッシの素材となる鉄のインゴット、クロム、ニッケルなど。

素材の準備を終えると、しっかりと完成形をイメージして一気に作り上げる。

「錬成《れんせい》！」

大きな魔法陣が地面に描かれ、全ての素材が光に包まれる。

次の瞬間、ひと塊《かたま》りになった光が建物の形に変形した。光が弾けるように消えると、その場には石造りの二階建ての建物が現れていた。

「ふぅ、こんなものかな」

「「…………」」

いつの間にか、セバスチャンとメリーベルが僕の側に来ていた。二人は目と口を開けて固まっている。

セバスチャンが戸惑いつつ口を開く。

「だ、旦那様は今、何をされたのですか？」

「え？　錬金術は見た事がないかな？」

僕が何気なくそう答えると、メリーベルとセバスチャンが慌てたように声を上げる。

「旦那様、普通の錬金術師にはこんな事は出来ません！」

「屋敷を護るゴーレムの動きもおかしいと思っていたのです！　私が知る、錬金術師に出来る事といえば、薬の合成や鉱物の抽出、それに単純な命令しか出来ないゴーレムの製造、その程度が精いっぱいでございます」

「へぇ～、そうなんだ。知らなかったよ」

おかしいと言われても、他の錬金術師になんて会った事がないから、何が普通なのかわからないよ。

でもさ、いちいち命令しなきゃ働かないゴーレムなんて、邪魔なだけだよね。

◇

やらなきゃいけない事が多いので、呆然としたまま動かない二人をその場に残し、僕は地下の転移ゲートから聖域の屋敷に移動してきた。

そして屋敷の裏に行き、ボルトンの屋敷に建てたのと同じ規模の従業員寮を造る。

建て終えたところに、人が近づいてくる気配を感じた。

「何を建てられたのですか？」

声をかけてきたのは、聖域ではお隣さんのユグル王国の王女、ミーミル王女だ。ミーミル王女は侍女を一人だけ連れていた。

「ああ、これですか。ボルトンと聖域の屋敷に、家宰とメイドを新たに雇ったんです。だから、使用人用の寮が必要かなって思いまして」

「まあ、そうでしたの。あの……厚かましいお願いだと思いますが、私達の屋敷の裏にも同じ建物をお願い出来ませんか？」

ミーミル王女に言われてハッと気づく。

ミーミル王女は、王女にもかかわらず、いつも少人数の侍女しか連れていなかった。聖域に足を踏み入れるのが難しいというのもあるけど、屋敷に使用人を住まわせる事が出来ないので、最低限の者しか連れてこなかったのだろう。

聞くところによると、専属の護衛も一応聖域に来ていて四人いるそうだ。ただし、寝泊まりはちょっと離れた居住区でしており、護衛としてどうなのかと。聖域は安全だから問題ないけど、確かに屋敷の側に造るべきだよね。

侍女さん達は、ミーミル王女と同じ屋根の下で暮らしているが、使用人用の建物があれば、侍女の人数も増やせるだろうし、専属の料理人を国から連れてくるといった事が出来るだろう。

なお、ミーミル王女の屋敷の庭仕事や雑用は、聖域に住む子供達のお小遣い稼ぎになっているらしかった。

「わかりました。同じ建物で良ければすぐに建てますよ」

「お願いします。内装や家具類は聖域に住んでいる方にお願いしますので、建物だけでも助かります」

それからすぐに建材の実費だけもらい、その場でちゃっちゃと錬成してあげた。

三軒目なので、たいした時間もかからなかったな。

「……相変わらずデタラメなお力ですね。それではイルマ様、私は一度国へ戻って、使用人を連れてくる準備をいたしますので、これで失礼します」

ミーミル王女は丁寧にお礼を言うと戻っていった。

もっと早く気づくべきだったな。王女の身の回りの世話をする侍女や護衛の人数が、合わせても十人いないのはまずかった。

7 拠点ツアー

ボルトンにある屋敷に戻ってくる。

屋敷ではメリーベルやマーベル達が、メイド見習いの子達や孤児院出身の少女達の教育を始めていた。

頑張ってるなぁと感心しながら、ソフィア達がいるリビングに向かう。

「「「「お帰りなさい」」」」

「ただいま」

僕がソファーに座ると、マーベルがお茶を持ってきてくれた。マリアとマーニがそれを見ながら、今まで自分がしていた仕事を取られて、ちょっと手持ち無沙汰にしている。

まあ、気持ちはわかるけど、これも慣れていかないとね。

お茶を飲みながら、使用人の寮を建てたついでにミーミル王女の使用人のための寮も建ててきた事を話す。

するとソフィアは、もっと早くにそうするべきだったと言った。国を離れたとはいえ、祖国の王女の事なのだから、もっと気を遣うべきだったと。

「これは申し訳ありませんでしたね。聖域でご近所付き合いをしていると忘れそうになりますが、ミーミル様は一国の王女ですから」

「うん、僕もそう思った。いくら聖域が安全でも、身の回りの世話をする侍女だけっていうのはまずかったと反省したよ」

聖域では大精霊達の意向もあって、身分を重視しないという風潮がある。

だけど、ミーミル王女がそれで不便をこうむるのは違うよな。まあ、ミーミル王女は聖域のそんな気楽さが居心地よくて、頻繁に来てくれるのだけど。とはいえ、専属の料理人は欲しかったらしいけどね。

僕はふと思い出して、レーヴァに声をかける。

「新しく建てた従業員寮に、ベッドやテーブルなんかをお願い出来るかな。もちろん、ドガンボさん達に手伝ってもらっていいから」

「了解であります。ゴランさんやドガンボさん達に声をかけて、手早く終わらせるであります」

レーヴァはそう言って立ち上がり、そのまま転移ゲートへ向かった。

「晩ご飯までには帰ってくるでありまーす！」

◇

ボルトンと聖域の屋敷での受け入れ態勢が整って、孤児院出身の少女達もうちの生活に慣れ始めた頃。

そろそろ良いかなという事で、転移ゲートで繋がっている他の拠点についてみんなに教え、ツアーのようにして見て回ってもらう事にした。

僕は、セバスチャンとメリーベルに尋ねる。

「天空島の復元した古代遺跡にある拠点と、魔大陸にある拠点、それと最後に聖域の屋敷って感じで見てもらおうと思うんだけど、どう思う？」

「えっ？　天空島？」

「ま、魔大陸？」

二人は戸惑って口をパクパクさせている。

天空島と言われても何の事かわからないだろうけど、魔大陸の名はこの大陸に住む人達にも知られている。

曰く、大陸全土が魔境で、大小多くのダンジョンがあり、強力な魔物が闊歩《かっぽ》する危険な土地。一般の人達の認識はそんな感じだから、そこに拠点があると言われたらそりゃ驚くだろう。

セバスチャンが呼吸を整えて尋ねてくる。

「だ、旦那様、天空島とは何でございましょうか？」

「ん、天空島は空飛ぶ島だね」

続いてメリーベル。

「……旦那様、魔大陸とは、サマンドール王国から海を隔てた南方にあるという、あの魔大陸でございますか？」

「それ以外の魔大陸は僕も知らないから、メリーベルが思う魔大陸で間違いないと思うよ」

「「…………」」

二人とも絶句してしまったな。

このまま拠点を紹介するのはまずいと思ったので、それらを手に入れた経緯をセバスチャンとメリーベルに丁寧に説明した。そのうえで、各拠点の清掃、拠点に駐留する有翼人族《ゆうよくじんぞく》とのコミュニケーション、そしてそこに必要な物などを伝えてほしいとお願いする。

一気に言ってしまったせいで、二人ともパニック気味だ。

「……想像の埒外《らちがい》でございますね」

「……旦那様のご希望に添えるよう、全力で務めさせていただきます」

セバスチャンは実感を持てないようで頭を抱えている。その一方でメリーベルは考えるのを放棄したみたいだ。やっぱり女の人の方が精神的にタフなのかな。

その後、二人が落ち着いたところで、各拠点を案内する日程を話し合った。

またメイド達の配属も決める。メリーベルの発案で、マーベルらをボルトンと聖域の二ヶ所に分け、見習いの少女達に仕事を覚えさせる事になった。なお配属先は固定せず、頻繁に入れ替えるとの事。

なお、拠点案内ツアーは三日後に決まった。その頃には、少しくらいはこの環境にも慣れているだろうという判断なんだけど大丈夫かな。

◇

そして三日後、ツアーの当日。

ボルトンの屋敷の地下室に、セバスチャン、ジーヴル、メリーベル、マーベルをはじめとしたメイド達、孤児院出身の少女達が集まっている。

「怖がらなくても大丈夫です。私が見本を見せますので、あとから続いてください」

マリアがそう言って、転移ゲートを操作する。

これで魔大陸の拠点に繋がった。

その後、マリアが地面に描かれた転移魔法陣の上に進むと、魔法陣が光を放ち、マリアの姿が掻き消えた。

それを見て身を強張らせる少女達。

ソフィアが優しく声をかける。

「さあ、順番に魔法陣へ進んでください。一人ずつじゃなくても大丈夫ですからね」

最初に魔法陣へ進んだのは、メイド長のメリーベルだ。そのあとにセバスチャン、マーベル達が続く。

メイド見習いの少女達は数人ずつ、手を繋いで魔法陣へ進んだ。

最後に、僕が転移ゲートをくぐった。


ここは魔大陸の拠点だ。

セバスチャン達が、マリアに連れられて地下室から一階へ上がっていく。

マリアは、まずここがどんな場所なのか教えるつもりのようで、外への扉を開けて外にみんなを案内する。

そして城壁の階段を上り、そこから魔大陸の景色を見せた。

直径1キロメートルに及ぶ清浄《せいじょう》な水を湛《たた》えた湖、その真ん中に浮かんでいるのがこの拠点だ。

湖の周りには森が広がり、濃密な魔素《まそ》にもかかわらず少しも瘴気《しょうき》の気配を感じない。むしろ神聖な空気さえ感じる。

言葉を失い、呆然とする一同。

そこに頭上から声がかかる。

「あっ！　イルマ様！　皆様でお越しでしたか！」

拠点を任せている若い有翼人族の青年が、屋上から飛び降りてきた。

「!?　つ、翼が！」

「鳥人族なのですか？」

セバスチャンとメリーベルは、有翼人族を見るのは初めてらしい。まあそりゃそうか、希少な古代種だしね。

一応紹介しないといけないな。

「セバスチャン、メリーベル、彼らは有翼人族といって、この拠点の護りと管理を頼んでいるんだ。これからはたまにでいいから、拠点内の清掃と、有翼人族からの連絡を取り次いでほしいんだよね」

「「…………」」

二人は飛び回る有翼人族を見て固まったまま。その一方で、メイド見習いの少女達は楽しそうにキョロキョロしていた。

城壁に降り立った有翼人族の青年が、不思議そうに尋ねる。

「イルマ様、今日は大勢でどうされたのですか？」

「ああ。新しくうちに来てもらった家宰やメイド達に、拠点を案内してるんだよ。これからたまに拠点に来てもらうから、よろしくね」

「そうなんですね。島の仲間にも伝えておきましょうか？」

「いや。このあと、天空島も案内するから大丈夫だよ」

それから僕は、その青年からこの拠点周辺の状況についての報告を受け、続いて何か必要な物があるか等を聞いた。

特に問題なさそうだったので、そのままみんなのもとに戻る。

「どう、落ち着いた？　アキュロスの街にでも行ってみる？」

すると、ソフィアとアカネが答える。

「タクミ様、アキュロスはまた今度にした方がいいと思いますよ」

「そうね、まずは仕事場を案内しなきゃ」

「まあ、それもそうか」

魔大陸の拠点からアキュロスまではそんなに距離が離れていないので、どうかなと思ったけど、みんなまだそわそわしてるし、またの機会にした方が良さそうだね。確かに一日に詰め込むのは良くないか。


それから、拠点の内部を案内する事にした。

中の案内は、ソフィアとマリアに任せた。

その間に僕とレーヴァは、駐留中の有翼人族達とコミュニケーションを取る。魔物討伐訓練の成果を聞いたり、武具の補修の相談を受けたり、ポーション製作のアドバイスをしたりした。

「もうワンランク上の武具があってもいいでありますな」

「本当ですか！　俺達にもベールクトみたいな槍を造ってくれるんですか？」

レーヴァに言われ、有翼人族の青年が興奮した様子で言う。

流石にベールクトと同じ法撃槍杖《ガンランスロッド》は無理だと思うな。素材の問題もあるが……自分の事は棚に上げて言うけど、未熟な腕で強力すぎる武器を持つのは良くないしね。

「ベールクトに渡したようなのは無理だよ。ミスリル合金製で属性を付与した魔槍《まそう》が限度かな」

「そうでありますな。それに素材の代金くらいはいただくでありますよ」

そうレーヴァが言った途端、有翼人族の青年達からブーイングが起こる。

だが、レーヴァは涼しい顔だ。「有翼人族達には随分と援助しているんだから、そのくらいのお金は自分で稼げ」とピシャリと言い、彼らを黙らせた。

この拠点では、周辺にいる魔物を狩って天空島用の魔石を確保するついでに、その際に採れた魔物の素材や肉を、アキュロスで売ってお金に換えてもらっている。ちゃんとは把握してないけど、結構な稼ぎになっているはず。

僕も彼らに忠告しておく。

「言っておくけど、ミスリル合金製の魔槍だって、お店で買おうと思ったらとんでもない値段になるんだからね」

「そうであります。レーヴァやタクミ様の工賃を何だと思ってるのでありますか」

「「「は～～い」」」

気の抜けた返事をする有翼人族の青年達。

ちゃんとわかってるのかなと心配になったが、ちょうどソフィアとマリア達が戻ってきたので次の場所、天空島へ向かう事にする。

有翼人族の青年達に見送られ、再び地下に移動した。

転移先を天空島の遺跡都市に変更し、先ほどと同じように順番に転移していった。

◇

天空島の遺跡都市には大きな建物が多い。

その中でもひときわ大きな物を、僕達が使っている。

他の建物は、昔の姿のまま復元したのがほとんどだけど、僕達の屋敷は色々と改築してある。そのままだと住みにくいからね。

地下室に転移ゲートを設置し、それぞれの部屋のセキュリティを厳重にしてある。更に入り口には、門番ゴーレムを二体設置してあるけれど、天空島には僕達か有翼人族しかいないのでそれほど警戒する必要ないんだよね。

強いて言うなら、有翼人族の中に血迷う人が出てくる可能性はあるかな。

無事にみんな転移出来たので、家の外へ誘導する。

「……こ、ここは」

「……旦那様、ここはどこの街なのでしょうか？　このような街があるなんて……」

「うわぁーー！」

「凄ぉーーい！」

セバスチャンが復元された古代遺跡の街並みに言葉をなくし、メリーベルも天空島と言われても信じられない様子だ。メイド見習いの少女達は、見た事のない様式の綺麗な街並みに純粋に感動している。

遺跡都市に住む有翼人族は、この規模にしては少ないので閑散《かんさん》としているように見える。そこがまた古代遺跡の趣《おもむ》きを感じるところだ。

そこへ、二人の有翼人族がもの凄いスピードで飛んでくる。

「タクミ様あぁーーーー!!」

「アニキィィーーーーー!!」

大声で僕を呼びながら飛んできたのは、ベールクト。そのベールクトに少し遅れて飛んできたのは、バルカンさんの息子バート君だな。

二人を見てカエデが口を開く。

「あっ、ベールクトとミノムシだよ、マスター！」

「ミノムシはやめてあげようね」

カエデにとってバート君は相変わらずミノムシ扱いみたいだね。流石に初対面の人が多い中で、ミノムシは可哀想だけど。

ベールクトが嬉しそうに声をかけてくる。

「お久しぶりです！　人族を連れて、今日はどうしたんですか？」

「久しぶり。今日は新しく雇ったメイドや家宰を連れて、拠点を案内してるんだよ。ベールクトは狩りに行ってたのかい？」

「はい！　今日は街の周辺にいる魔物の間引きです」

ベールクトが、ガンランスロッドを誇らしげに掲げる。

「あ〜に〜きぃ〜！」

バート君が息を切らしたまま声を上げる。

「アニキ！　俺も凄く強くなったから、ベールクトみたいな槍をくれよー！」

久しぶりに顔を見たと思ったら、唐突に槍をねだってきた。

本当に頑張っているのかと思ってベールクトを見ると、ブルブルと首を横に振っている。僕はちょっといじわるな感じで、バート君に尋ねる。

「ベールクトと同じくらいとは言わないけど、若手の中で一番くらいにはなったのか？」

「うっ。そ、そうだな。だ、だいたい一番って言ってもいいかもしれない」

「嘘つけ！　お前より弱いのはバルトだけじゃないか！」

「ウガァーー！　それを言うなぁー！」

はぁ、バート君は相変わらずだな。あまりに変わらないので安心感さえ覚えるよ。

バート君が騒いでいると、僕達が来ているのに気がついた誰かが報せたのだろう、有翼人族の長《おさ》、バルカンさんが現れた。

「これはこれは、お久しぶりですな、イルマ殿。今日は大勢でどうされました？」

「ご無沙汰してます、バルカンさん」

バルカンさんにも、新しく雇った使用人に各地にある拠点を案内して回っている事を説明した。

すると、バルカンさんはちょっと不満げな表情になった。

「……そうでしたか。屋敷の整備でしたら、我々有翼人族を頼っていただきたかったですな」

「ボルトンや聖域の屋敷がメインで、こっちはたまに掃除に来る程度ですから」

「そうでしたか。我ら有翼人族が人の住む街で活動するのは危険ですからな。それはそうと、また愚息《ぐそく》が何かご迷惑をかけましたか？」

一人騒いでいたバート君を冷ややかな目で見つつ、バルカンさんが聞いてきた。

「なっ！　迷惑って何だよ！」

「バルカンおじさん、バートがタクミ様に私のと同じような槍をねだってるのよ」

「あっ、ちょっ、バカ。言うな！」

ベールクトがさっきまでバート君が僕に武器をねだっていた事をバラしてしまう。

バルカンさんがバート君の耳をグイと掴む。

「……イルマ殿、また改めてご挨拶に伺います。今日のところはこの辺で」

「あ、あ痛たたたたぁーー！　み、耳がチギれるぅ！　放してオヤジィー！」

そのまま引っ張って、連れていってしまった。

「……変わらないね」

「相変わらずバカでしょ」

その後、ベールクトが案内したいと張りきってくれたので、彼女に天空島の遺跡都市の案内を任せた。とはいっても、都市の広さに比べ人口が少ないので、使っていない建物が大半。それほど時間がかからずに終わった。

最後は聖域を案内するため、僕達は地下室へ戻った。

◇

三度目ともなるとみんなも転移ゲートに慣れたようで、聖域への転移はスムーズだった。

「ボルトンのお屋敷より少し大きいですか……」

「「「…………」」」

転移ゲートが設置された、聖域の屋敷の地下から一階に上がってきたメリーベルが、途中で絶句している。他のみんなも呆然としていた。

「……これは、素晴らしいですな」

セバスチャンが溜息を漏らす。

リビングの大きな窓から見える外の景色に、彼らは言葉をなくしたようだ。

こんこんと水の湧く精霊の泉、その奥に天を衝《つ》くようにそびえる精霊樹。更に奥には、豊かな森が広がっている。

聖域の一等地に建てられているだけあって、リビングから見えるこの景色は、ちょっと自慢出来るかもしれないね。ただ、セバスチャンとメリーベル達が言葉をなくして立ち尽くしているのは、それだけが理由じゃない。

リビングではさも当たり前のように、ウィンディーネ、シルフ、ドリュアスといった大精霊がくつろいでいるのだ。

ウィンディーネが僕達に気づいた。

「あらタクミ、お帰りなさい。ちょうど良かったわ。マリア、お茶をお願い」

「はい、はい」

マリアは、いつもの事なので文句も言わずにキッチンに向かう。マーニも一緒について行った。

マーベルとサーラが二人のあとを追おうとする。

「……はっ、お、お手伝いします」

「わ、私も」

けど、今回は止めておいた。大精霊とは面接で一度顔合わせは済んでいるけど、もう一度紹介した方がいいだろうしね。

「ウィンディーネ、シルフ、ドリュアスは特にこの屋敷に入り浸っているから、いちいち緊張していたら保《も》たないよ」

僕がみんなに向かって言うと、ウィンディーネ、ドリュアスが続く。

「そうよ。ここは聖域なんだから。私達がいても普通に接してくれると嬉しいわ」

「そうね〜。仲良くしてね」

そう言われても最初は無理だろうね。でも、これには慣れてもらうしかないな。ここは、精霊が当たり前に顕現する聖域なんだから。

「面接で顔を合わせているから知ってると思うけど、右からウィンディーネ、シルフ、ドリュアスだよ。セレネーとニュクスはここにはいないけど、面接で会ってるよね。他にも聖域で引きこもっているノームと、サラマンダーがいて、そのうち会えると思うよ」

僕が言うと、セバスチャンがジーヴルと一緒に、ウィンディーネ達に向かって深々と頭を下げる。

「ウィンディーネ様、シルフ様、ドリュアス様、私はイルマ家の家宰を務める事になりましたセバスチャンと申します。隣にいるジーヴルに、主にこのお屋敷を任せる事になりますので、以後お見知りおきを」

それにメリーベルも続く。

「大精霊様方、私がメイドを束ねるメリーベルと申します。今後ともよろしくお願いいたします」

メリーベルのあとに、メイド達も慌てて頭を下げた。

ウィンディーネ、シルフ、ドリュアスがそれぞれ応える。

「よろしくね」

「そんなに固くならなくてもいいわよ」

「そうよ～、お姉ちゃんには気安い感じでオーケーよ」

そのタイミングで僕は、窓から見える景色がおかしい事に気づいた。僕は呆れつつ、ウィンディーネ達に尋ねる。

「なぁ、どうしてリビングから見える庭の一画にプールが出来ているんだ？　この間来た時にはなかったよね」

僕の屋敷は、精霊樹と精霊の泉が見渡せる絶好のロケーションに建っているんだけど、庭には芝《しば》生《ふ》と花や木が植えられているだけのはずだった。

だが、そこにプールが出現している。

庭は広いので、スペースが余っているといえば余っている。庭の景観を壊してるわけじゃないけど、流石にこれは見逃せない。

「ああ、あのプールね。夏になったら、お姉ちゃんが聖域の子供達と遊ぼうと思って造ってもらったの」

悪びれず答えたのは、ドリュアスだ。

更にウィンディーネ、シルフが続く。

「私が用意した水だから、いつでもキレイなままよ」

「ノームに頼めば、一瞬だもんね」

「……はぁ、今度からは一言断ってからにしてね」

子供達を引き合いに出されたら、文句も言えないじゃないか。

僕は溜息交じりに、セバスチャン達に言う。

「ねっ。大精霊なんて自由気ままだから、あまりかしこまる必要はないよ」

「…………」

流石に「ハイ、そうですね」とは応えられないか。

どうせ紹介しないといけないので、酒造所の案内を兼ねて、そのままみんなをノームとサラマンダーのもとに連れていこう。

ドワーフのゴランさんやドガンボさんも一緒にいるだろうし、ちょうどいいや。

各拠点を案内して回ってきた最後がこんな感じで締まらないけど、まあ、これも僕達らしくていいかな。

8　集《つど》う者達

ここは城塞都市ウェッジフォート。

月影の梟のボス、フォルバックは、その都市を見て呆然としていた。

トリアリア王国にアジトを構える彼には、ウェッジフォートの詳細な情報が届いていない。それもこれもバーキラ王国にあったアジトをことごとく潰されたせいだったのだが。

腹心の一人が周囲を見回しながら言う。

「ボス、この街は凄いですね」

「ああ。未開地にこれほどの城塞都市が出来ているだけでも驚きだが……しかも、この繁栄とはな。トリアリア王国が衰退する理由がわかった」

フォルバックはそう言うと、溜息を吐く。

「出来ればアジトを作りたいが……」

「ここは、憎《に》っくきバーキラ王国の街ですぜ」

腹心がそう懸念するのももっともであった。

かつてフォルバックが煮え湯を飲まされたのが、まさにバーキラ王国なのだ。しかし、これだけ様々な国の人が行き交い、人と物と金の流れが活発な街なら、アジトを構えたくなるのも当然である。

フォルバックは腹心に告げる。

「その辺ももう少し街の調査をしてからだな。ここは三ヶ国と聖域とやらの中継地点だ。アジトは何としても欲しい」

「そうですな。他の闇ギルドが進出しているかも含めて調べましょう。十日ほど時間をください」

「時間はかかっても構わん。慎重に動くよう念を押すのを忘れるな」

その後フォルバックは中級の宿を確保し、しばらく滞在する事を決めた。

しかし、精霊の声が聞こえなくなり、その姿さえ見る事が出来なくなったフォルバックは気がついていない。

ここは、聖域と三ヶ国を繋ぐ楔《くさび》の街。

そして、精霊の目が常に監視する要《かなめ》の街なのだ。

◆

サマンドール王国は、大陸にある全ての国と国交を結んでいる。それ故、その関係者がウェッジフォートを訪れる事に問題はない。

だが、聖域産の安価で高品質な塩が流通するようになってから、海に面している事をいい事に塩の販売で暴利を得ていたサマンドール王国は、ウェッジフォートを中心とする三ヶ国の交易から締め出されていた。

言うまでもなく、サマンドール王国の有力な商会の会頭であり、高位の貴族であるセコナル伯爵とボタータク伯爵の二人も、交易から締め出されている。

それは当然の事だった。

二人は、トリアリア王国が聖域に進軍した時、その軍需物資の調達で儲けた「死の商人」でもあったのだから――

ウェッジフォートにある中でも高級なホテルの前に停まった派手な馬車から、これまた派手な衣装に身を包んだ小肥《こぶと》りの貴族らしい男が降り立つ。

サマンドール王国からはるばるやって来たセコナル伯爵だ。

「ふむ、街が新しいからなのか、清潔で嫌な臭《にお》いがしないな」

「旦那様、近年バーキラ王国では浄化の魔導具が普及していますので、どの街も清潔だと聞いています」

セコナル伯爵は、不機嫌な顔になる。

「その浄化の魔導具も、バーキラ王国の商会が独占しておる。しかも、ロマリア王国やユグル王国だけに適正価格で輸出している。トリアリア王国に輸出しないのは仕方ないとしても、我がサマンドール王国に高額でしか売らんせいで、儂らの商会に旨味がない」

「まあ、ロマリア王国とユグル王国は、バーキラ王国と同盟関係ですから」

浄化の魔導具は、その機能付きの便器も含め、サマンドール王国では一部の裕福な層にしか普及していなかった。

というのも、バーキラ王国が高い値でしか売ってくれないためだ。

サマンドール王国は自由貿易国とはいえ、トリアリア王国に軍需物資を売っている国。バーキラ王国としては、同盟国と同じ扱いには出来ないのだ。

「ドワーフどもの造る模倣品も、機能の割に高価だ。がめつい奴らめ」

ノムストル王国では浄化の魔導具を模造しているが、それも決して安価ではないため、サマンドール王国で普及するには至っていない。

「それもこれも、あの平民の小僧のせいだ。儂を怒らせた報いは受けてもらう」

その後の調査で、タクミが浄化の魔導具の開発者だとわかっていた。セコナル伯爵は、その事もあって、タクミに更なる恨みを募らせている。

セコナル伯爵は高級ホテルにチェックインすると、部下に更なる調査を指示する。続けて、ウェッジフォートの代官と面会するためアポイントを取らせた。

更に、国から同行させていた闇ギルドの構成員を動かし、ウェッジフォート周辺に縄張りを持つ闇ギルドと接触するよう命じる。

一方その頃、月影の梟のボスであるフォルバック、サマンドール王国の伯爵セコナルに続き、ボタータク伯爵もウェッジフォートに到着した。

彼の目的もまた、セコナル伯爵同様、タクミへの復讐である。

ボタータク伯爵もウェッジフォートの代官との面会を取り付けつつ、独自の闇ギルドを使い、裏で暗躍しようとしていた。

◆

ウェッジフォートに、エルフらしからぬ悪趣味な装飾を施した馬車が到着する。

そんな馬車を保有するエルフの貴族は、一人しかいない。

私兵と国内組織ではソフィアの確保が一向に進まず、その事に業《ごう》を煮やしたホーディア伯爵が、他国の闇ギルドと接触するため出張ってきたのだ。

彼は、高級ホテルに滞在を決めると、部下にこの街に潜《ひそ》む闇ギルドを調べるように指示した。

その一方で、ウェッジフォートの代官と面会するためのアポイントを取り、今回の来訪を公式の表敬訪問として偽装する。


「ふう、人族のクセに生意気な街じゃ」

豪華なソファーに座ったホーディア伯爵が、ウェッジフォートの賑やかな街並みを思い出しつつ毒づく。


未開地にバーキラ王国が建設した、ウェッジフォート。

その東にロマリア王国が建設した砦。

ウェッジフォートから西、聖域の近くにバーキラ王国、ロマリア王国、ユグル王国が建設した城塞都市バロル。

そして、バロルを囲むような位置に、シドニア神皇国とトリアリア王国の軍を撃退するために造られた六つの砦。

それらのおかげで、ユグル王国は近年稀《まれ》に見る好景気に沸いている。

ユグル王国は、他国と国境を接していない。そのため、他国と交易するには未開地を越える必要があり、これまでわずかな交易しか出来なかった。それが、ここ数年で激変した。もちろん、ホーディア伯爵もその恩恵にあずかっていた。

だが、それでもウェッジフォートの繁栄に、忌々《いまいま》しさを感じずにはいられない。この街がエルフのものではなく、人族の国の街だという理由だけで面白くないのだ。

ホーディア伯爵が一人イラついていると、街に出ていた者が戻ってきた。

「……お館《やかた》様、闇ギルドについて調べてまいりました。この街を縄張りにする闇ギルドは存在しないようです。おそらく取り締まりが厳しいのかと。しかし、複数の組織の構成員が街に入り込んでいるようで……そのうちのいくつかと接触し、面白い話が聞けました」

「……ふむ、続けろ」

不機嫌さを隠さず促すホーディア伯爵。

部下は淡々と告げる。

「今、この街で活発な動きを見せる組織は三つ。一つは、トリアリア王国に拠点を構える大陸有数の闇ギルド、月影の梟。あとの二つは、サマンドール王国を拠点とする組織でした。この月影の梟は、我々が仕事を依頼している組織の一つです」

月影の梟に依頼をする前から、その名はホーディア伯爵も知っていた。

大陸でも最大の闇ギルド組織。だがその一方で、最近バーキラ王国にあったアジトが壊滅させられた事も知っていた。

「……続けろ」

「バーキラ王国内にあった月影の梟のアジト壊滅。それに、ソフィアの主人が少なからず関わっていたらしく、月影の梟は報復のために動きだしているようです」

ホーディア伯爵の顔に笑みが浮かぶ。

「それは好都合ではないか。憎しみの対象を同じくする者同士、連携すればより確実にソフィアを手に入れる事が出来る。それだけか？」

「いえ。実はサマンドール王国から、セコナル伯爵とボタ一ク伯爵がこの街に来ているようです。表向きは代官への表敬訪問ですが……残りの二つの闇ギルドの雇い主です」

「どういう事だ？」

かつては大陸一の交易国だった国の貴族。それも自身で商会を設立しているその二つの家は、ホーディア伯爵も知っていた。

交易国の商会を持つ貴族が、ウェッジフォートの代官に会いに来る事自体は不思議ではない。だが、闇ギルドと一緒となれば意味が変わってくる。

「どうやらその両家もつい最近、我々のターゲットにちょっかいを出したようで、散々な目に遭ったらしいのです。そこで、この街周辺に縄張りを持つ組織の力を借りて、報復を考えているようでして」

「クッ、ハッハッハッ。存外、あちこちから恨まれておるではないか、あの小僧。聖域の管理者か精霊樹の守護者か知らんが、これは好機ぞ！」

ホーディア伯爵はソファーに深く座り、エルフらしからぬダブついたお腹を揺らし、嬉しそうに笑う。

しばらくして汚らしい笑みを止めると、声を潜めて告げる。

「……月影の梟はもちろんの事、セコナル伯爵とボタークス伯爵が雇っている組織と接触しろ。小僧はともかくソフィアは譲れんからの」

「……かしこまりました」

部下は頭を下げて出ていく。

その姿を見送りながら、ホーディア伯爵はすこぶる上機嫌になった。

なお、彼はタクミ達と直接争った事はまだない。

そもそも聖域の結界を抜けられなかったからだ。かと言って、ボルトンの屋敷を狙うのは難しかった。いくらバーキラ王国が多種多様な種族の暮らす国でも、エルフは目立ちすぎる。

ホーディア伯爵が嬉しそうに呟く。

「ようやく……ようやくソフィアを儂のものに」

◆

フォルバックがウェッジフォートに到着して五日が経つ。

その間に、様々な情報を得る事が出来た。

まず、聖域近くに三ヶ国共同で造られた城塞都市バロルは、街の出入りを含めてチェックが厳しく、街の中は常に衛兵が巡回しているという。

「バロルに俺達が入るのは無理か……」

「三ヶ国の騎士団が駐留しているだけでなく、ユグル王国の魔導師部隊が精霊に力を借りて不審者の侵入を阻止しているらしいですぜ」

「チッ、エルフが余計な事を……」

フォルバックはそう口にして、精霊との縁が切れている事を悔やんだ。精霊の声を聞ければ、情報収集はスピーディーかつ正確に行われただろうに。

「冒険者を装ってバロルに侵入出来ないのか？」

「冒険者の出入りも制限があるようで、偽造カードでは無理だと思いますぜ」

バロルは聖域に近い事もあり、冒険者や商人が街に出入りする際のチェックがとても厳しいらしい。

フォルバックは溜息を吐く。

「バロルにアジトを置くのは無理か……」

「あそこなら、奴が聖域に出入りするのを見張れるんですがね」

タクミが、聖域、ボルトン、ウェッジフォートを行き来しているのは、フォルバック達も掴んでいた――それが転移ゲートで行われている事には気づいていなかったが。

部下が別の報告をしてくる。

「それと、予想通りエルフから接触がありましたぜ」

「ふん、ホーディア伯爵か」

「ええ。どうやら本人自ら出陣しているらしいですぜ」

ホーディア伯爵の雇った、ユグル王国を縄張りとする闇ギルドの構成員を通して、間接的に接触があったようだ。

「ホーディア伯爵がターゲットを殺《や》ろうとしているのは、どうやら本気らしいな。しかも俺達と同じ対象とはな……」

「俺達は復讐に際し、エルフの戦力を得られたうえに、報酬までもらえるってわけですね」

「クックックッ、笑いが止まらねぇな」

やはり闇ギルドの戦力を欲しがっていたのは、ホーディア伯爵だった。

本人がウェッジフォートまで出張ってきたのは、フォルバックも予測していなかったが、それは些細な事だ。

フォルバックが関心を寄せるのは、タクミを殺すための戦力のみ。

使えるものは何でも使う。

それが、闇ギルドというものなのだから。

◆

一方その頃、ホーディア伯爵も、高級ホテルの一室で部下から報告を受けていた。

「……ソフィアはこの街にも訪れるのだな」

「はい。お一人ではないようですが、少ない時は例の男と二人で街を歩いているようです。例の男もソフィア嬢もこの街では有名人らしく、目撃情報を集めるのは簡単でした」

ホーディア伯爵は、部下に高価な「写《うつ》し身《み》」の魔導具を持たせていた。写し身の魔導具とは、静止画を記録出来るカメラのような物だ。

部下が別の報告をする。

「それと、例の闇ギルドとコンタクトが取れました」

「ほう、それで実力はどうなのだ」

「はい。流石は大陸一の闇ギルド、月影の梟といったところでしょうか。現在、この街に多数の構成員を入り込ませており、ターゲットの情報収集をしているようです」

「儂の事も嗅《か》ぎ回っているのであろうな。じゃが、大陸一の闇ギルドなら一流の暗殺者や戦闘員を抱えておるじゃろう」

「はっ、それは間違いないかと。しかも今回、月影の梟のボス自らがこの街に入っているようです」

「面白い。儂が直接会って話すのも一興じゃの」

闇ギルドの戦力が当てに出来そうだとわかり、満足げにワインを傾ける。

続けて、更に面白い情報がもたらされた。

「……ほぅ、例のサマンドール王国の伯爵二人も同じ考えか」

「はっ。私兵だけでなく、闇ギルドの構成員らしき者も引き連れています。その闇ギルドの構成員が街で集めているのは、この街を縄張りにする闇ギルドの情報と、例の男の情報です」

どうやら彼らは追加の戦力を探しており、既に月影の梟とコンタクトを取ったと思われた。

ホーディア伯爵は楽しそうに肩を揺らして笑う。

「あの小僧も年貢《ねんぐ》の納め時だな。貴族家三家と三つの闇ギルドから狙われるなら、万が一はないだろう」

「サマンドール王国は聖域関連の交易や、ウェッジフォートやバロルから締め出されていますから。その全てに関わるあの男を面白く思わないのでしょう」

「クックックッ。平民の分際で儂のソフィアと結婚するなどという暴挙を冒した小僧もこれで終わりじゃ」

「サマンドール王国の貴族も利用するので？」

「戦力は多いに越した事はないじゃろう。儂の部下達だけでも始末出来るじゃろうが、念には念を入れるんじゃ」

「かしこまりました」

部下は一礼すると、お抱えの闇ギルドに指示を出すため退出する。

思った以上に事が上手く運び、ホーディア伯爵は笑みを深めるのだった。

9　筒抜けだったりする

聖域の屋敷で朝起きて、一階のリビングに向かうと、のんびり過ごすシルフ達がいた。

「あら。おはよう、タクミ」

「ああ。おはよう、シルフ。セレネーとニュクスもおはよう」

「おはよう、タクミ。お邪魔してるわ」

「……おはよう」

シルフ、セレネー、ニュクスという、滅多にない組み合わせに首を傾げる。

光を司るセレネーと闇を司るニュクスが二人で来る事はあったが、この三人が一緒にいるのはなかったんじゃないかな。

「珍しい組み合わせだね」

僕がそう言ってソファーに座ると、マーベルがコーヒーを持ってきてくれた。

一度に大勢雇った少女達は、今ボルトンの屋敷でメリーベルにしごかれているらしい。マーベル、サーラ、アンナ、ティファの四人が二人ずつ交代で、ボルトンと聖域を行き来している。今日はマーベルとティファが聖域の当番みたいだ。

「……悪い奴がいっぱいいるよ」

「へっ？」

ニュクスがボソリとそんな事を言う。

「それだけじゃわからないわよ。ちょうどソフィアが来たみたいだから、私が説明するわね」

ソフィアがリビングに入ってきたのを確認し、シルフが詳しい話を始めた。

「例の精霊の祝福を失ったオークみたいなエルフ爺《じじい》と、同じく精霊の祝福を失った闇ギルドのボスがタクミを狙ってるのよ」

「えっ！」

シルフの言葉にソフィアがピクリと身体を強張らせ、驚きと嫌悪の表情をした。

僕は心配になって声をかける。

「大丈夫かい？」

「……はい。昔、奴から向けられた、身体中を舐め回すような視線を思い出してしまい……」

そう言ってソフィアは身震いをして身体をさする。よほど遠慮のない好色な視線だったんだな。

考えただけで怒りが湧いてくる。

シルフの言うオークみたいなエルフとは、ホーディア伯爵の事だ。もう一人の闇ギルドのボスっていうのは……

すると、シルフ、セレネー、ニュクスが告げる。

「闇ギルドの方は、以前タクミの襲撃を依頼されていた組織ね。バーキラ王国のアジトを壊滅させられた恨みがあるみたい」

「オーク野郎も闇ギルド野郎も、お互いの戦力を利用する気満々ね」

「……暗殺者や戦闘員をウェッジフォートに集結させている」

そこへ、マリア、レーヴァ、ルルちゃんがやって来た。

「どうしたんですか？　朝からシルフ様達がいるのは……珍しくないですね」

「何の話し合いでありますか？」

大精霊と話し込む僕達を見て、不思議そうにする三人。

僕はルルちゃんに尋ねる。

「ルルちゃん、アカネは？」

「まだ寝てるニャ」

「アカネにはあとで話そうか。実はね……」

アカネは相変わらず朝が弱いので、二度手間になるけど仕方ない。僕は、アカネ以外のメンバーに、シルフ達がもたらしてくれた情報を伝えた。

「……諦めが悪いわね。ソフィアさんはもうタクミ様の妻なのに」

「気持ち悪いでありますな」

マリアが憤慨し、レーヴァはソフィアと同じように身震いしている。美男美女が多いエルフなのに、身震いされるってどうなんだろう。

「タクミ様、豚の事よりも闇ギルドのボスが問題ではありませんか？」

「闇ギルドって、前にタクミ様を襲った奴らなの？」

「なっ！　奴らまだ懲《こ》りていないのでありますか！」

ソフィアは、ホーディア伯爵を「豚」扱いなんだね。確かにソフィアの言う通り、闇ギルドは油断ならないと思う。

マリアが当時の事を思い出したのか目を吊り上げ、レーヴァも憎々しげにしている。

「ああ、僕には理解出来ないけど、闇ギルドなんていうのはメンツが大事なのかもしれないね。仕事は失敗し、更にバーキラ王国のアジトが壊滅して、多くの部下が捕縛されたり倒されたりした落とし前って感じなんだろうね」

シルフ、セレネー、ニュクスが口を挟む。

「タクミ、それだけじゃないのよ」

「サマンドールで揉めた馬鹿な貴族も二人、ウェッジフォートに来てるのよ」

「……サマンドールの闇ギルドと私兵も連れてきてる」

「うわぁ、懲りないなぁ……」

あれだけ痛い目に遭ったのに諦めない根性は褒めていいのかな？

僕は三人の大精霊に尋ねる。

「でもよくわかったね」

「風は自由なのよ」

「光と闇はどこにでもあるわよ」

「……そう」

風、光、闇の精霊に行けない場所はないらしい。特に聖域に近いウェッジフォートやバロルには多くの精霊がいるみたいだ。

そこに、欠伸《あくび》をしながらアカネがリビングに入ってきた。

「ふぁ～、どうしたの？　朝からみんな揃って？」

「「「……………」」」

一人呑気なアカネに、みんなの冷たい視線が突き刺さったのは仕方がないと思う。

アカネが起きてきたので、とりあえず朝食にする事にした。

朝食を作るのは、マリアと僕、そこにマーベルとティファが手伝ってくれる。マーベル達は僕やマリアがキッチンに立つのは反対みたいだけど、気にしないでと言ってある。まだ料理人の雇用が出来てないから仕方ないね。

大きなダイニングテーブルには、いつの間にかウィンディーネやドリュアスもいる。うん、いつもの事だな。

「また面倒な事になってるわね」

「アカネ様、タクミ様のせいじゃないニャ」

「わかってるわよ。でも、タクミもソフィアも面倒な奴らに関わったわね。普通なら諦めそうなものなのに」

アカネがやれやれというポーズをする。

確かに面倒な事この上ない。しかもホーディア伯爵なんて、五十年越しのストーカー野郎だ。

「まとまって襲ってきてくれないかな」

「個別にだと面倒だものね」

シルフ、セレネー、ニュクスによると奴らは共闘するのは間違いないみたいだけど、ホーディア伯爵や月影の梟のボスが直接出てくる事はあるのかな。彼らに雇われた兵隊や暗殺者を捕縛しても、頭が残るのは鬱陶《うっとう》しいんだけど。

するとシルフが告げる。

「親玉は出てくるかわからないけど、襲ってくるのはみんな一緒になりそうだよ。何の偶然なのか、悪い奴らがお互いに協力しそうな感じ？」

「何で疑問形なんだよ」

シルフ達がウェッジフォートにいる精霊から集めた情報だと、見事に同じ時期に集まっていると事。しかもそれぞれが手を組み、力を合わせて襲ってくる可能性が高いらしい。

そこで、僕は一つの提案をする。

「……釣るか」

「危険ではありませんか？」

ソフィアは以前襲われた時の事を思い出したのだろう。心配そうな顔で、それでも強く否定はしない。ホーディア伯爵にはソフィアが一番の餌《えさ》になるだろうけど、月影の梟やサマンドール王国のナントカっていう貴族は、確実に僕がターゲットだろう。

アカネが提案してくる。

「奴らがひと塊りになったのを確認してから、タクミを目撃させればいいんじゃない」

「そうだね。奴らの監視は……」

僕がそう口にすると、シルフが言う。

「それは私とセレネー、ニュクスに任せておいて。強欲な愚物は消毒しないとダメだからね」

随分と勇ましい。

僕はアカネに向かって尋ねる。

「じゃあ、僕はバロルとウェッジフォートの間を何度か行き来して、目撃させればいいんだね」

「ツバキをゆっくり走らせるのよ」

「わかってるよ」

奴らに襲わせる地点は、ウェッジフォートとバロル間のどこかに誘導する事にした。反対側のウェッジフォートとボルトン間やロマリア王国方面では、大手商会の商隊や巡回の騎士団、冒険者の往来が多いからね。

その点、ウェッジフォートとバロルの間は、許可を得ない者の通行は認められていないので、街道を走る馬車は少ない。そこをのんびりと走っていれば、襲いやすいだろう。本当はツバキじゃない方が襲いやすいんだろうけど、それはソフィアが許してくれなかった。

それから僕達は、次々に入ってくる精霊達からの情報をシルフ達から聞きながら、ウェッジフォートの街をソフィアと歩いてみたり、バロルとの間を何度か行き来したりする事を繰り返し、奴らが僕という餌に引っかかるのを待った。

その間、ホーディア伯爵は闇ギルド、月影の梟と接触し、お互いの利害が一致したらしく、共闘する事になったようだ。

更にサマンドール王国からわざわざ足を運んだセコナル伯爵とボターク伯爵は、表向きは交易のためにウェッジフォートの代官との面会や商会との交渉を行いながら、裏では月影の梟と繫がったらしい。

◇

そしてしばらく経ったある日、シルフが目的を同じくするバカな奴らが動きそうだと報せてくれる。

「タクミ、とうとうホーディア伯爵と月影の梟のボス、ちなみに名前はフォルバックっていう奴と、サマンドール王国の二人の貴族が直接会談を持つようよ」

「作戦決行日が決まったのかな。それと襲撃後の利益の分配の話をするのかな」

「かなりの人数を動員するみたいだから、失敗するなんて考えてもないのね」

ホーディア伯爵の目的は、ソフィアを我が物にする事。月影の梟は、メンツとそれにプラスアルファ。サマンドール王国の二人は、ツバキ、馬車、それにマリア達、それと僕の持つ資産といった金目の物。

目の前の餌に釣られているうちに、一網打尽に出来ればいいのだけれどな。

10　取らぬ狸《たぬき》の皮算用《かわざんよう》

ウェッジフォートの街にある高級ホテルの食堂に、同じ目的を持った男達が集まっていた。

「儂はもちろんソフィアをもらう。それ以外に興味はない。貴様らで好きにするがいい」

エルフらしからぬふくよかな身体をソファーに沈め、派手な衣装に身を包んだホーディア伯爵の第一声がそれだった。

この男、女の事になるとどこまでもブレない。決して尊敬は出来ないが。

「俺はお三方から報酬をもらい、ついでにあの小僧を殺せればそれでいい」

そう口にしたのはフォルバックである。彼は、同族とは思えない好色な年寄り、ホーディア伯爵の醜い姿を見て笑いを噛み殺していた。

フォルバックの望みは、ただ一つ。

大陸一の闇ギルドとして顔に泥を塗られた事への復讐だ。己のメンツを保つための復讐に、戦力と報酬がオマケについてきた。彼の認識はそんな感じだった。

言ってしまえば、月影の梟の戦闘部隊も、ユグル王国やサマンドール王国の闇ギルドの人員も、フォルバックにとっては使い捨ての駒《こま》でしかない。彼は泥水をすすりながらも、今の地位に登りつめてきた。そのメンツが、タクミをこのままでいさせるわけにはいかなかった。

なお、フォルバックの見た目はエルフではない。隙のなさそうな、人族の壮年の男性の姿をしている。彼は未だかつて本来のエルフの姿を、人目に晒した事はなかった。

続いて、セコナル伯爵、ボターク伯爵が告げる。

「儂はあの馬車と竜馬は最低でも手に入れたい」

「ああ、あの馬車を調べ尽くし、奴の造る魔導具の秘密を手に入れたいのだ」

二人の望みは、あくまで金になる物だ。前回、闇ギルドや傭兵を使ってタクミ達を襲ったが、莫大なお金を失うはめになった。

だが、今回は失敗するわけにはいかない。

タクミが生みだした魔導具の数々。それは、サマンドール王国において割高で購入されていた。その利益を奪えれば、大陸一の商会となれるだろう。

「あとエルフの女は、ホーディア伯爵に譲るので、残りの女達はいただきたい」

「ああ。特にあの小僧の助手を務める狐人族の女は必ずだ」

それ故のレーヴァの確保である。タクミの助手としてのレーヴァの名前は、ボルトンでは知らぬ者はない。その実力も広く知られている。憎むべきタクミを排除してもレーヴァさえいれば問題ない、二人はそう考えていた。

言うまでもない事だが、ここにいる者の共通の思いとして、タクミを殺す事は決定事項だった。

ホーディア伯爵がフォルバックに疑念を向ける。

「……それよりも、確実に小僧を殺せるんだろうな」

疑うのも仕方ないだろう。フォルバック率いる月影の梟がタクミの暗殺に失敗し、逆に手痛いしっぺ返しを受けた事は調べがついていた。

フォルバックは淡々と答える。

「ああ。問題ない。前は薬の実験も兼ねていたからな。今回は数を揃えて畳みかける。あんた達の雇った戦力もあるしな」

「その薬とやらは今回も使うのか？」

前回タクミを襲撃した時に使った、身体能力を劇的に跳ね上げ、更に痛みや恐怖心を取り除く悪魔の薬。フォルバックは今回、それを更に改良し、かき集めた犯罪奴隷に使用するつもりである。

更に彼は、「偶然手に入れたある物」を切り札として使うつもりだった。

余裕すら感じさせるフォルバックに、セコナル伯爵は疑問に思う。

「何かあの小僧を確実に殺せる手があるのか？」

「クックッ、まあ、それは見てのお楽しみといこうじゃないか」

フォルバックはそうとだけ返答し、一人心の中で思う。

（……まさかシドニアの生臭坊主《なまぐさぼうず》どもが役立つとはな。世の中何が幸いするかわからねえ）

彼が偶然手に入れた物。それは、邪精霊《じゃせいれい》消滅後、魔大陸からサマンドール王国へ逃れた神光教の下っ端が持ちだした品だった。

タクミ達が闇に堕ちた邪精霊を討伐したあと、邪教のダンジョンは崩壊した。だが、全員が死んだわけではなかった。特に戦力にならない下っ端は、魔物化する事もなく、崩壊から逃れた者もいたのだ。

そんな中に、砕け散ったある物の欠片《かけら》を持った者がいた。

それが、邪結晶《じゃけっしょう》のカケラ。

邪精霊が人間を核に魔物化した物のカケラである。

小さなそれを手に入れたフォルバックは小躍りするほど喜んだ。直接持つ事を憚《はば》るほど禍々しい魔力を放出する結晶。

月影の梟が使う薬など比較にならないほどの力を、人に与えるというが――

（まあ、問題がないわけじゃないがな）

フォルバックは心の中でほくそ笑む。

彼は頭の中で既に、全てを手に入れた自分を思い浮かべていた。

11　愚かな襲撃

ウェッジフォートからバロルに続く整備された街道を、アダマンタイト合金の馬鎧を纏った竜馬が引く馬車がゆっくりとしたスピードで走っていた。その中で、僕、タクミはフル装備で待機している。

襲撃者の動きを、精霊が掴んだのだ。

ちなみに、ツバキの背にはカエデがいるが、その姿は見えない。

アカネが僕に話しかけてくる。

「こっちの思い通りの襲撃場所に誘導するなんて。やるじゃない、タクミ」

「わかっていた事だけど、向こうに精霊の声を聞ける奴がいなくて良かったよ」

僕達が乗る馬車は、ウェッジフォートとバロル間のちょうど中間辺りを目指し走っている。そこは待ち伏せに持ってこいの場所で、大きな岩がいくつも街道の両側にある。

実はその大きな岩は、わざと置いた物だ。

ウェッジフォート－バロル間には、聖域からの交易品を積んだ商会の馬車が頻繁に走っている。

そうなると、当然のように盗賊の類《たぐい》が出没する。そこで僕は、ボルトン辺境伯やバーキラ王、ロマリア王、ユグル王と話し合い、盗賊が待ち伏せしやすい場所をわざと作る事で、ウェッジフォート－バロル間の街道全てを常時警戒する事なく、一点を重点的に見張れる体勢を整えたんだ。

なお、街道脇の大きな岩から少し離れた場所には、巡回警備の兵士が駐屯する拠点がある。そこには隠匿結界の魔導具を設置し、支給されたマジックアイテムを装備した者だけが認識出来るようにしてある。

今回の作戦でも、愚かな襲撃者達を逃がさないように逃亡経路を塞ぐ形で、その拠点に兵士に待機してもらっている。

襲撃者達の中のエルフが精霊の声を失っているおかげで、こちらの策が漏れる事はない。

「それで、敵はもう配置についてるの？」

「うん、岩のところに主戦力がいて、林には伏兵が潜んでいるみたい。そうだね、ソフィア」

「はい。伏兵が私達の退路を断って、包囲する作戦のようですね」

精霊の報告では、敵の戦力はかなり充実しているようだ。ユグル王国、トリアリア王国、サマンドール王国の闇ギルド構成員や傭兵が集められ、その取りまとめを月影の梟のボスがしているらしい。

マリアが感心するように言う。

「よく二百人も集めましたね」

「闇ギルドの構成員だけじゃなくて、傭兵もかき集めたみたいだからね」

「マリアさん、落ち着いているでありますな」

「油断しているわけじゃないですけど、死の森《しもり》の奥に比べるとマシですもん」

二百人というのは、僕を殺して、ソフィアやマリアやレーヴァやアカネやルルちゃんを捕まえるつもりで集めた人数。

マリアは余裕そうだけど、相手は本気というわけだ。

ソフィアは、言うまでもなくホーディア伯爵が欲しがっている。マリアやアカネ達は、サマンドールのバカ貴族が奴隷にして売りたがっている。レーヴァは奴隷契約で縛って、魔導具の開発と製造をさせるらしい。

いずれにしても捕まるわけにはいかない。

ソフィアが声を沈めて言う。

「タクミ様、月影の梟は警戒した方がいいと思います」

「……例の薬だね」

「はい、身体能力を爆発的に向上させるだけでなく、痛みや恐怖心もなくさせる危険な薬を使ってくると思います」

僕がボルトンで襲われた事件。うちの女性陣が激怒して、バーキラ王国にある月影の梟のアジトを潰したのは記憶に新しい。その時使われたのが、襲撃者の身体能力を爆発的に向上させ、痛みや恐怖心をなくす麻薬のような危ない薬。

「大丈夫だよ、ソフィア。確かにあの身体能力やダメージを無視して襲ってくるのは脅威だけど、武術に優れているわけでもないし、むしろ理性がないのはマイナスだと今なら思えるよ」

「……そうですね。人間を相手にするというより魔物と対峙すると思えばいいのですね」

そう、魔物だと考えれば怖くない。僕達はドラゴンやオーガの上位種とも多く戦っているんだから、今更警戒する必要はないと思う。最初からそういうものだとわかっていれば、後《おく》れを取る事はないだろう。

言い訳になるかもしれないけど、前回はボルトンの街中だったから、僕も随分油断してたんだと思う。

「みんな、毒だけには気をつけてね」

「「「「はい！」」」」

みんなには麻痺毒だろうけど、確実に毒は使ってくるだろう。僕には殺すつもりで、致死性の高い毒を使ってくるだろうけどね。

やがてカエデに次いで範囲の広い僕の索敵に、大勢の人間が待ち伏せているのがかかった。

ソフィア達と頷き合い、馬車から飛びだす準備を整える。

岩場に差しかかった瞬間、前方で魔法の爆裂音が響き、矢が降り注いだ。

◆

斥候が戻り、「もうすぐターゲットの馬車が網にかかる」とフォルバックに告げた。

なお、ホーディア伯爵、セコナル伯爵、ボターク伯爵はウェッジフォートのホテルで朗報が届くのを今か今かと待っている。

多くの犯罪奴隷達が薬を呑まされている。

そんな中、ただ一人だけ材質の違う隷属《れいぞく》の首輪《くびわ》を付け、更に手足を拘束された男が怒鳴り声を上げる。

「クッ、俺に何をするつもりだ！」

おかしな事に、既に薬を呑まされている者達は誰も逆らわず、いや、その表情には自我すら感じ取れない。

それが拘束されている男を余計に不安にさせた。

「なに、お前に力を与えてやろうってだけだ。それもコイツらと違って特別な力をな。ちゃーんと実験も成功しているから心配するな」

「実験って、何なんだ！　俺をどうしようって言うんだぁ！」

フォルバックの言葉を聞くと、なお更不安が膨らむ。わざわざ奴隷契約を緩め、口答え出来るようになっている事も、男の不安を駆り立てた。

「と、いうわけで、オイ、お前達、やれ」

フォルバックがそう言うと、手足を拘束されている男は、月影の梟の構成員達に取り押さえられた。ただでさえ手足を拘束されているのに、更に何人にも身体を押さえつけられたら、男に出来る事は呻《うめ》き声を上げる事だけだった。

フォルバックが実験は成功していると言った通り、今から男に呑ませようとしている物を使った実験は成功していた。

それを成功と言うのなら。

フォルバックが呑ませようとしているのは、魔大陸帰りの神光教関係者から手に入れた、禍々しい魔力を内包する結晶のカケラ。

その結晶のカケラを、フォルバックはドブネズミで試していた。

そのドブネズミは、子牛ほどの大きさの巨大なネズミの魔物に変貌《へんぼう》したのだ。

この実験のせいで、月影の梟の構成員が二桁ほど命を散らす事になったのだが、フォルバックは笑いが止まらなかった。

自我を喪失し、イモータルソルジャーと化した使い捨ての兵隊に、この結晶のカケラを食わせ、あの憎き小僧にぶつければ、今度こそ殺せるだろう。

魔物化したネズミはコントロール出来なかったが、犯罪奴隷の男には特製の隷属の首輪を付けてある。

「さあ、ご馳走の時間だ。他では手に入らない極上のディナーを楽しめ」

犯罪奴隷の男は無理やり口を開けさせられ、その中に禍々しい魔力を内包する結晶のカケラを放り込まれ、嚥下《えんげ》させられる。

フォルバックは配下を下がらせると、カケラを食べた男を注視する。

しばらく男の身体からミチミチと音が聞こえ、男の絶叫する声とともに、全身が肥大していく。

男は冒険者崩れだったからか体格は立派だったが、その身体が、骨が、筋肉が、皮膚が、不気味な音を立てて大きくなっていく。

バチーン！

手足を拘束していた金具が弾け飛び、男の着ていた服が破れ、その下から鋼鉄のような黒い筋肉に覆われた黒い皮膚が現れた。


「GUOOOOーー‼」


身体の変化が落ち着くと、立ち上がった男のボロボロのズボンが僅かに引っかかる。

「……オ、オーガ」

「……黒いオーガだ」

部下達が呆然と呟く中、フォルバックがオーガと化した男に指示を出す。

「その場で大人しく待機しろ！」

「グルルルゥ……」

その命令に素直に従う黒いオーガ。

フォルバックは満足げにオーガの周りを回って確認する。

「身長は3メートル半くらいか。角《つの》は二本……魔物のオーガとも少し違うようだな。オイ！　コイツにエサを持ってこい！」

部下達が、周辺で狩った魔物を次々に持ってくる。

「お前のメシだ。遠慮なく食え」

黒いオーガは魔物を貪《むさぼ》り食う。

肉だけでなく骨や魔石までバリバリと……

「オイ。用意してあった、コイツが使う武器を持ってこい」

「「へい！」」

フォルバックは、あきらかに尋常ではない魔物と化した黒いオーガを見ながら、苦汁を飲ませた人族の小僧を殺す光景を幻視していた。

タクミ達がオーガどころかドラゴンや邪神をも葬る力を持つとも知らずに……

岩に隠れたメンバーのうち、魔法使いが先制攻撃のために詠唱を始める。

同じく弓を持った男達が、毒矢を射かけようと矢筒から矢を取りだし、遠くから近づいてくる馬車を狙う。

ターゲットの馬車が岩の並ぶ地点に近づいた時、フォルバックの合図で、魔法使いが魔法を放ち、弓を持つ男達が矢を放った。

竜馬を殺したら、セコナル伯爵とボタータ伯爵が契約違反だと言ってくるだろうから、魔法は馬車の足止めが目的だった。

馬車の前面の街道で魔法の爆発が起こる。

降り注ぐ矢には麻痺毒を鏃《やじり》に塗っていた。これも竜馬であるツバキやソフィア達を殺さないように麻痺毒が選ばれた。

刺さりどころが悪く、ソフィアやマリア達が死んだとしたら、それは仕方ないとフォルバックは思っていた。フォルバックの目的は闇ギルドとしてのケジメ、いや個人的な復讐なのだから。

◇

魔法の攻撃で前方の街道が砕け、ツバキが急停止するのと同時に、馬車から僕達が飛びだす。

降り注ぐ魔法や矢の雨は、僕達の魔法障壁に弾き返される。

僕は馬車をツバキから取り外して、アイテムボックスに収納する。

街道の両側にある岩の陰から、僕達の前方を包囲するように、様々な武器を手にした男達が現れた。

「タクミ様、正面の奴らは」

「ああ、嫌ってほど見覚えがあるね」

包囲している男達の中で、正面にいる異様な気配の者達を、僕達は嫌っていうくらいに知っている。

ボルトンで僕を襲撃した刺客。そしてその後、未開地に侵攻して来た魔物との混成軍にいた、痛みや恐怖心を感じる事のない不死の兵士達、イモータルソルジャーだった。

「シドニア神皇国とも繋がっていたとはね」

「トリアリア王国とシドニア神皇国の協力者、いえ、ビジネスパートナーが月影の梟だったのですね」

僕を襲った刺客が、イモータルソルジャーと同様の存在だったから、月影の梟はシドニア神皇国やトリアリア王国と関係しているのだろうと思っていた。けれど今となっては、どっちでもいいな。

シドニア神皇国が主体でイモータルソルジャーの研究をしていたのか、月影の梟が主体だったのかなんて瑣末《さまつ》な問題だ。

その時、魔法の爆発音に混じり、魔物の咆哮《ほうこう》が響き渡る。

「GUOOOO――――!!」

現れたのは、見た事もない黒いオーガ。

大きさはオーガの上位種と変わらない。振りかざす巨大な剣も、オーガは棍棒を自作してそれを振るう程度の知能はあるので不思議でもない。それなのに、ふと覚えた違和感。

それは、オーガの瞳に知性を感じたから。

周りの人間を無差別に襲わない理由は、首にハメられた隷属の首輪だと考えられる。このオーガからは、強い憎しみや怒りの奥底に、確かな知性を感じた。

「ソフィア！　マリア！　いくぞ！」

「「はい！」」

「アカネ、フォローを頼む！」

「任せて！」

僕はソフィアとマリアに声をかけて、正面のイモータルソルジャーと、それに合流しようとする黒いオーガへ向かう。

真ん中を、氷槍《ひょうそう》アイスブリンガーを携えた僕が駆ける。その左に、風槍《ふうそう》テンペストとともに僕の死角を護るように走るソフィア。右側には、焔槍《えんそう》エクスプロードを構えて赤い髪をなびかせるマリア。

三本の魔槍が、目の前の敵の腹を食い破ろうと突撃すると、それをフォローするように、アカネやレーヴァの魔法が敵に降り注いだ。

マーニとルルちゃんは、固定砲台となっているアカネとレーヴァの護衛をしている。まあ、遊撃としてカエデがいてくれるので、アカネやレーヴァに攻撃は通らないだろうけど。

右側を大回りするツバキが降り注ぐ魔法や矢を物ともせず、突きだした角を使ってランスチャージのごとく突撃する。ツバキの巨体にぶつかられたら無事ではいられない。なるべく殺さないようにと思っていたけど、向こうは殺しに来ているわけだし多少は仕方ないだろう。

左側には、亜空間から飛びだしたアダマンタイト合金製のタイタンが、魔力ジェット推進器の力で爆発的に加速する光景が確認出来る。タイタンには、矢や奴らの使う魔法程度じゃ傷すら付かない。

襲撃者達は戸惑っているだろう。背後から襲いかかる作戦なのだろうから。そうなれば、後衛のアカネやレーヴァが危なかっただろうけど、僕達には頼もしい味方がいる。進化を重ね、世間的には厄災種《やくさいしゅ》とされるアラクネの特異種であるカエデが。

そんなわけで、僕達が戦闘を開始したと同時に背後から襲いかかる予定だった、林に潜んでいた者達は、別の戦い……いや、蹂躙劇《じゅうりんげき》に巻き込まれていた。

フォルバックは知らないだろう。僕がボルトンで襲撃されたあの日から、どれくらいの修羅場を潜ってきたのか。

ホーディア伯爵、セコナル伯爵、ボターク伯爵も知らないはずだ。僕達が魔大陸や死の森で戦ってきた経験を。

そして、気がつくのだ。

今の僕達を相手にするには、闇ギルドや傭兵では力不足だと。

◆

当初の予定とは違い、タクミ達に背後から襲いかかる部下達が姿を現さない事に、フォルバックは苛立っていた。

更に分が悪い事に、圧倒的に多い人数を集めていたはずの闇ギルドの兵達が呆気なく蹴散らされていく。

「……何なんだアレは！」

金属製の馬鎧に身を包んだグレートドラゴンホースと、3メートルを超えるメタルゴーレムが、両翼の部下達を吹き飛ばしている。

まるで冗談のような光景を、フォルバックは呆然と見ていた。

「……何なんだアレは！」

余裕を持って十人用意したイモータルソルジャーが、タクミ、ソフィア、マリアの三人が振るう魔槍に葬られていく。

「何なんだアレはぁ‼」

魔法使いと弓兵達が、たった二人の少女が放つ魔法に蹂躙されている。闇ギルドや傭兵の魔法使い達は、魔法障壁を張るので精いっぱいだ。それでも魔法障壁を突破され、少しずつ数を減らしていく。

フォルバックは、イモータルソルジャーを相手に暴れるタクミに向けて、切り札であるオーガを突撃させる。このままでは中央を食い破られ、戦線が崩壊してしまう。

だが、その判断は遅きに失した。

「クソッ！　背後の奴らは何してやがる！」

後方から襲いかかる予定だった伏兵達が、一向に姿を見せない事にキレる。だが、その後方の林では、更なる惨劇が繰り広げられていようとは知る由もなかった。

「どうして……こうなった……」

フォルバックの口から掠《かす》れた声が漏れた。

◆

時間は開戦の直前まで戻る。

大きな岩が街道の両側に並ぶ場所から聖域側に少し行ったところに、木々が立ち並ぶ林があった。

そこには月影の梟の戦士を主体とした、ターゲットの退路を断ち確実にターゲットを殺すための伏兵が身を潜めていた。

ある者は弓を持ち、ある者は大斧を担ぎ、ある者は杖を構え詠唱に備える。

いつフォルバックから合図が来ても動けるように待機する面々は、闇ギルドの中でもそれなりの腕の者だった。彼らはたとえフォルバックの合図が見えなくても、仕掛けどころを見誤らない修羅場を潜り抜けてきた者達だ。

その精鋭とも言える闇ギルドの戦闘員達は、本当の意味での恐怖を知る事となる。


「ヒュ！」

誰かの口から悲鳴にならない声が漏れる。

ドサッと一拍置いて何かが落ちた音が聞こえ、落ち着いて時を待っていた者達は、ギョッとして音の方を見る。

「なっ……」

ソレに気がつき声を上げかけた男も、最初の男と同じ運命をたどる。

ドサッ！

「うわぁぁぁぁーーーー‼」

足元に転がったのは、組織でも腕利きの魔法使いだった男の首。何が起きたかわからぬままその男の身体からも大量の血が噴き出る。

「ヒィイイイーー‼　なっ！　あ、足が動かねぇ！」

パニックに陥り逃げだそうとした男が、身体の自由が利かない事に気づき、更なるパニックに陥《おちい》る。

ザシュ！

「へっ⁉」

何かを突き刺す音とともに、自分の胸から突き出た鉤爪《かぎつめ》に気づき、同時に口から吐血する。男の意識は途絶えた。

「襲撃だ！　同士討ちに気をつけろ！」

別の男が辛《かろ》うじてそう叫んだ次の瞬間、目の前に絶望が現れる。

「気をつけても同じだよー！」

上半身は少女、下半身は巨大な蜘蛛《くも》。

それは冒険者でなくてもわかる魔物。

小さな国なら一匹で滅ぼせるだろうと言われる災害レベル、S級の魔物アラクネ。人語を理解して話すとなると、それ以上かもしれない。

男の意識はそこで永遠に途切れた。

林の中は、アラクネのカエデにとって最高の場所だった。高い隠密スキルで気配を消し、気配隠匿のローブが更にカエデの隠密性を高める。

音もなく木から木へと移動して襲いかかる姿なき暗殺者。

サイレントキリングにかけては随一のカエデに、林の中や森の中で狙われて逃げきれる者など存在しない。

伏兵が潜んでいた林の中に、血の臭いが満ちるまで、僅かな時間しかかからなかった。

その場には、首を落とされた死体と、胸や首を鉤爪で抉《えぐ》られた死体が残され、カエデは新たな獲物を求め、タクミ達のもとへ向かう。

カエデは魔物だが、普段好き好んで殺しはしない。ボルトンの街で犯罪者を見つけても糸で簀巻《すま》きにしておしまいだ。

だけど、以前タクミを襲ったフォルバック達は別だ。

大好きなタクミが殺されかけたのを、カエデは決して忘れない。

◇

正面に配置されていたのがイモータルソルジャーなのは、目を見ればわかった。

「ソフィア！　マリア！　奴らは首を落とさないと止まらないよ！」

「「はい！」」

ソフィアとマリアに声をかけ、アイスブリンガーを一薙《ひとな》して、イモータルソルジャーの首を落とす。

闇ギルドの構成員や傭兵は殺さずとも無力化出来るけど、イモータルソルジャーとなった者は違う。奴らはアンデッドに近い。もはや治療は不可能で、止めるには殺す必要があった。

襲いくる剣尖《けんせん》をかわすと同時に、右腕を斬り裂く。

イモータルソルジャーには、生半可な攻撃は効かない。現に腕を斬り落とされた目の前の男も、痛みや恐怖を感じる気配はなく、予備のナイフで襲いかかってくる。

僕はアイスブリンガーで、ナイフを持つ腕を突き刺す。男の左腕が凍りつき、男の意思に関係なく動きが止まる。

「これで終わりだ」

喉に突き入れたアイスブリンガーが男の首を凍らせる。

それから薙ぐように槍を振るうと、男の首が落ち活動を止めた。

黒いオーガが来る前に、イモータルソルジャーを片付けてしまいたい。

チラッと左右の状況を確認すると、ツバキとタイタンが大暴れしている。既に組織立った抵抗は少なくなっているみたいだ。

そこに咆哮を上げながら、通常のオーガではありえないスピードで突進してくる黒いオーガが視界の端に入った。

「ソフィア、マリア！　ここは頼む！」

「はい！　ご武運を！」

「任せてください！」

ソフィアとマリアに正面の敵を任せ、僕は黒いオーガを迎え撃つ。

サポートのアカネとレーヴァもいるし、ソフィアとマリアなら大丈夫だろう。そのアカネとレーヴァを狙う敵は、マーニとルルちゃんによって倒されている。

仲間の状況を確認して、僕は加速する。


ブォン！

オーガの巨体に合う大剣が、魔物とは思えない剣筋で振るわれる。その事に違和感を覚えながら、僕は難なく回避する。

大剣が嵐のように襲ってくるが、それを捌きながら、僕は違和感について考えていた。

特別優れているわけではないが、魔物らしからぬ剣捌き。何より僕に向ける視線には、恨みや怒りを感じる。

ただのオーガの上位種じゃないのか？

戦いながら違う事を考えるのは油断に繋がるけど、考えずにはいられなかった。

そして、答えにたどり着いた時、黒いオーガの目に宿る感情を理解した。

闇ギルドは、痛みを感じず自分の意思をなくさせるような、非人道的な薬を平気で開発し運用する組織だ。

この黒いオーガが、魔物に変化させられた人間なのはわかった。

思い返すと神光教の奴らも同じ事をしていた。先の未開地での戦争でも似たような魔物もどきが交じっていた。

僕は黒いオーガに告げる。

「……すぐに楽にしてあげるよ」

大上段から襲いくる大剣をかわすと同時に、アイスブリンガーの穂先をはね上げる。アイスブリンガーの穂先は黒いオーガの首へ吸い込まれる。

その直後、頭部は吹き飛んだ。

彼に統率個体を超える力があろうとも、あいにく今の僕には通用しない。

僕が黒いオーガを倒した直後、音もなくカエデが降り立った。そして、襲撃者達のボスであろう男を指差し、処遇を聞いてくる。

「マスター、アイツは殺す？　捕まえる？」

「捕まえるだけでいいよ。アイツには襲撃を依頼した奴らの事を聞かないとダメだからね」

「わかったーー！」

カエデは嬉しそうに駆けていった。

襲撃が失敗だとわかった瞬間、その男は逃走し始めたが、カエデから逃げられるわけがない。それに、もうすぐ騎士団の人達も駆けつけるだろう。

周りを見渡すと、左右の敵が逃げ始めていた。けれど、そのほとんどはツバキとタイタンに倒されている。

中央の敵は、ソフィアとマリアが危なげなく殲滅したようだ。イモータルソルジャーには手加減は無用だからな。奴らはそれこそ死ぬまで襲ってくる。

後方のアカネ達を見ると、少数の敵が抜けていったみたいだけど、マーニとルルちゃんが片付けたようだ。

僕は戦闘が収束したのを確認すると、みんなに指示を出す。

「生き残った者には最低限の回復を施して拘束しよう！」

「「「はい！」」」

「面倒だけど仕方ないわね。騎士団の連中、早く来なさいよ、まったく」

アカネがブツブツ言いながらもルルちゃんとマーニを護衛に、生きている者がいないか確認し始める。死んでいない者には最低限の回復魔法を使って、手足を拘束してひとまとめにしていく。

やがて、カエデが戻ってくる。

「マスター！　持ってきたよー！」

「ご苦労様」

カエデが糸でグルグル巻きにして引きずってきた男は、僕を睨みつけていた。けれど、カエデが麻痺毒をいい具合に使っているようで、しゃべる事を含め身体の自由が利かないみたい。

僕は屈んで、そいつに問いかける。

「あなたが今回の襲撃のリーダーですか？　まあ、今はしゃべれないでしょうけど、僕達を舐めすぎだと思いますよ」

「…………」

しゃべれないが、僕を殺したいという意志は伝わってくる。

そこまで恨まれる事をしたかな。

そんな事を考えていると、ようやく騎士団の馬と馬車が近づいてくるのが見えた。

さて、ここからもう一仕事しないとな。

12　中途半端な終わり方

整然と隊列を組んで近づいてくる騎士達は、僕達とも繋がりが深い、バーキラ王国の騎士だった。騎士の隊長が話しかけてくる。

「ご無事で何よりです。イルマ殿」

「お久しぶりです。わざわざすみません」

ボルトン辺境伯家の騎士とは顔見知りだ。冒険者ギルドのバラックさんに稽古《けいこ》をつけてもらっていた頃、騎士団の訓練所でも鍛えてもらっていたからね。ボルトン辺境伯家の騎士の顔はだいたい覚えている。

「また、随分派手にやりましたな」

「えっと、林の中はもう少し酷いかもしれません……カエデの担当だったので」

「……仕方ありませんね、カエデ殿では。とはいえ、奴らに手加減など不要ですから」

戦場の両翼では、タイタンに潰された死体や、ツバキに踏み潰されたり角で穴を空けられたりした死体が散乱していたが、まだギリ生存者もいる。

だけど僕が担当した中央は、相手がイモータルソルジャーだった事もあり、生存者ゼロという惨状だった。カエデ担当の戦場も同様だろう。

僕は、拘束したリーダーを見つつ、騎士団の隊長に尋ねる。

「それで、コイツらの処遇なんですけど」

「死体の処理と生存者の護送はお任せください。そのリーダー格の男は、バロルで尋問しましょう。出来ればご一緒していただけるとありがたいのですが」

という事で、襲撃を指揮していた男は、バロルで尋問される事が決まった。誰でも出入りが可能なウェッジフォートよりも安全だろうという事だった。

「コイツらの背後関係というか、依頼主はどうなりますか？」

「どこまで証拠が固められるかによりますが、特定出来たとしても、捕縛は難しいと思います」

「ですよねー……」

明確な証拠があれば違うだろうけど、僕達がこの襲撃の依頼主だと掴んでいるホーディア伯爵はユグル王国の貴族だ。セコナル伯爵やボターク伯爵もサマンドール王国の貴族である。平民を罰するのと同じようにはいかないだろう。

最悪、罪に問えないかもしれない……

そうなったら、僕が嫌がらせをしてやろう。

そう固く決心しつつ僕は、死体の埋葬や生存者の護送準備を終えた騎士団とともに、バロルへ向かうのだった。

◇

バロルのバーキラ王国騎士団詰所にある一室で、襲撃者のリーダー格の男を尋問する事になった。

このバロルには、バーキラ王国の騎士団詰所だけでなく、ユグル王国騎士団詰所やロマリア王国騎士団詰所も隣接して建てられている。

手足を拘束され、更に魔封じの魔導具を付けられた男は、椅子に座らされている。

年齢に似合わず引き締まった身体と、立派な白髪。年齢でいえば壮年といった感じのその男は、人族にしか見えないが、僕は彼がエルフだと知っている。いくら魔導具を使って姿をごまかそうとしても、シルフやセレネー達大精霊の目を欺《あざむ》く事は出来ないのだ。

僕は、男の身体をチェックして魔導具を探す。

「幻術系の魔導具、外してもらいますね」

「なっ!?」

まさか自分の正体がバレているとは思っていなかったのだろうね。男は大きく驚く。

騎士団の隊長が尋ねてくる。

「どういう事ですか、イルマ殿！」

「彼は、幻影の魔導具を使っていると思います」

「そんな事がわかるのですか？」

「ま、まあ、魔導具は専門分野ですから」

大精霊達から聞いていたと正直に言ってもいいんだけど、専門分野だとごまかした。そう言った方がカッコイイでしょ。

「おっ、これかな」

僕は、男が首からさげているネックレスを外す。小さな魔晶石が付いているから、何らかの魔導具なのは間違いない。

「なっ⁉　お前、エルフだったのか！」

「クッ！」

その変化は劇的だった。

ネックレスを外した男の耳は尖り、白髪だった髪の毛は金髪へ変化し、何より皺《しわ》のあった顔は、若々しい青年の姿になった。

それでも三百歳は下らないと聞いている。

「さて、一応、初めましてと言っておこうかな。僕はタクミ・イルマ、錬金術師兼冒険者です。月影の梟のボスさん」

「ハッ、何の事かわからねぇな」

いきなりストレートに切り込むと、男は一瞬驚いた顔をする。だが、流石に裏の組織のボスを長く務めてきただけあって、すぐにポーカーフェイスでしらばっくれた。

「まあ、そう言っていられるのも今のうちだけだけどね。隊長さん、時間もないのでちゃっちゃと尋問しちゃいましょうか」

「では、すぐに用意します」

そう言って隊長さんが持ってきた物を見て、月影の梟のボスの表情が絶望に染まった。騎士団の隊長が持ってきたのは、隷属の首輪。

そう、奴隷契約で縛り、手っ取り早く尋問してしまうのだ。

この男の証言から、依頼主のホーディア伯爵までたどり着けるかわからないけど、急がねば。ウェッジフォートに襲撃失敗の報が伝わるのは時間の問題だ。

ここからは時間との闘いだからね。


襲撃者のリーダーは、月影の梟のボス、フォルバックだった。

彼はユグル王国出身のエルフで、大陸各地を放浪しながら闇ギルド、月影の梟を作り上げたという。

トリアリア王国の辺境に本拠を置き、真っ当な商売から、武器や軍需物資の調達、盗み、殺し、魔薬売買まであらゆる犯罪を行い、一代で大陸一の闇ギルドに育て上げた。

フォルバックは慎重な男で、エルフだという事は、組織の幹部すら知らないという。常にいくつかの拠点を転々としていて、足取りを掴ませないようにしていたらしい。

これだけ慎重な男が、何故ウェッジフォートに自ら出向いてきたのか。

それは、今回依頼してきたのがユグル王国の貴族だという事もあるが、一番の理由はバーキラ王国やロマリア王国でアジトが潰されたため、単純に人が足りなかったから。それと何より、自分の目で僕が殺される様《さま》を見たかったようだ。

随分と恨まれたもんだな。最初に手を出したのは向こうだっていうのに。

そして、僕達を襲撃するよう依頼してきたのは、想像していた通りユグル王国の貴族、ホーディア伯爵だった。

その話に、企《たくら》みを同じくするセコナル伯爵とボターク伯爵が乗った結果、大規模な襲撃となったそうだ。

◇

聖域にある屋敷に戻った僕は、バロルで行われたフォルバックの尋問の結果をみんなに報告した。

「それぞれの目的は違ったようだけど、僕を殺す事に関しては利害が一致していたみたいだね」

「ホーディア伯爵って奴はエルフの皮を被ったオークよね。ソフィアを何十年もずっと狙っているってどうなのよ。凄いストーカーね」

アカネがブルブルと震えて、自分を抱くようにしてさすっている。

「……ホーディア伯爵には思うところもありますが、サマンドールの二人の貴族も懲りない人ですね」

「欲深そうな顔してましたもんね」

ソフィアはホーディア伯爵には言葉にしがたい恨みがあるみたいだけど、もう奴隷ではなくなって僕と結婚したから、出来れば関わりたくないと思う。

マリアも言っているけど、問題はサマンドール王国の二人。

「シルフ達の集めた情報通り、セコナル伯爵とボタータ伯爵は、僕の魔導具関連が欲しかったらしい。ソフィアをホーディア伯爵に譲る代わりに、マリア、マーニ、レーヴァ、アカネ達を奴隷として連れて帰る契約だったんだって」

「はぁ？　ふざけた奴らね。ツバキや馬車も欲しがったんでしょ？　ツバキがタクミ以外の従魔になるわけないじゃない」

自分も奴隷にして売り飛ばすつもりだったと聞いて、アカネがプリプリと怒りだす。

確かに、ツバキが僕以外の従魔になるなんて考えられないな。だけど、方法がないわけではない。

ソフィアが軽蔑するような顔で説明する。

「アカネ、ツバキはあの黒いオーガにしていたように、隷属の首輪を用意すればどうとでもなると思うわ……まあ、その首輪をどうやってツバキに付けるのかって問題は残るけどね」

魔物にも隷属の首輪は有効だ。ただ、生半可な術者の作ったものでは、ツバキやカエデのような高位の魔物には効果は薄い。

「で、どうするの？」

アカネが僕に聞いてくる。

何を聞いてきたのかはもちろんわかっている——三人の貴族の処遇だ。

ソフィア、マリア、マーニは僕の意思を尊重するので、こういった話し合いではアカネと話す事が多くなる。

ただ、他国の貴族が相手なので、僕達が採れる策は限られていた。

「……フォルバックの証言だけで、他国の貴族を裁く事は難しいだろうね」

「だからって、何もなしじゃ舐められるわよ」

アカネの言う事もわかる。舐められたら、際限なくちょっかいを出してくるだろう。

「聖域の管理者って言っても、僕はただの平民だからね」

「問題はそこよね。どれだけ証言が取れても、他国の貴族には手を出しにくいわよね」

せめて、今回の悪事にまつわる契約が書面に残されていればそれを証拠として各国に働きかけ、奴らを裁く事も出来たかもしれない。

でもフォルバックは慎重な奴で、証拠は一切残していなかった。それは、隷属の首輪を付けての尋問で確認済みで、その証言に嘘はないだろう。

アカネが悔しそうに言う。

「バーキラ王国の貴族なら、ボルトン辺境伯やそれこそ陛下にチクッてやるのに」

「だよね。他国の貴族にはなかなか平民の僕達は強く出られないよ」

きっとそれがわかっているから、サマンドール王国の二人も懲りてないんだろうけど。

「バレないように嫌がらせをするくらいかな」

「そうね。どんな仕返しが出来るか考えてみましょう」

「そうですね。ホーディア伯爵の方は、ミーミル様に相談するのも一つの方策かもしれません」

ソフィアの意見に、僕も賛同する。

「う～ん、他国に住む平民の僕達よりも、何とかなるかもしれないかな？」

「じゃあ、ミーミル様にアポ取ってきますね」

マリアが早速とばかり、お隣さんであるミーミル王女の屋敷に向かった。

なお、ミーミル王女の屋敷裏に作った従業員用の寮には、既に屋敷や庭の管理をする人や料理人、侍女が常駐している。なのでミーミル王女が国に戻っていても、用件を言づける事が出来る。

さて、どうしてやろうか。

絶対、泣かしてやる。

13　精いっぱいの嫌がらせ

ウェッジフォートに滞在していた、サマンドール王国の貴族、セコナル伯爵とボタ一ク伯爵について。彼らは連日、ウェッジフォートの代官を訪ねては横柄な態度で、自分達の要求を一方的に話していたらしい。

それで代官に断られ、激昂して帰るというのを続けていたとの事。

平気な顔で聖域関連の交易に噛ませろと要求出来る、その心臓がどうなっているのか、一度胸を開いて見てみたいよ。

ちなみに、ウェッジフォートの代官は、ボルトン辺境伯の寄子《よりこ》の子爵だ。伯爵よりも一つ爵位は下だけど、彼らにとって他国の貴族には変わりない。

そんなわけで、子爵が大人な対応で適当にあしらっているのが現状らしい。その話をシルフに聞いて、僕は開いた口が塞がらないとはこの事だと思った。

「戦争でトリアリア王国とシドニア神皇国に軍需物資を大量に売って、非難の目を向けられたのを忘れたのかしら？　鶏《にわとり》でも三歩の間は覚えているわよ」

「しかも、その商売に携わっていたサマンドールの商会って、奴らの商会なんですもんね。面《つら》の皮が厚いにもほどがあります」

アカネとマリアも、セコナル伯爵とボターク伯爵に遠慮のない毒を吐く。

まあ、その気持ちもわからなくはない。

聖域の管理者である僕を急襲しておいて、聖域関連の交易に噛ませろとは、呆れてモノも言えないしね。

僕は、みんなに向かって今回の件の一応の結論を伝える。

「それで、そろそろホーディア伯爵とセコナル伯爵とボターク伯爵にも、襲撃の失敗が伝わると思うんだけど、フォルバックが徹底して証拠を残さなかったせいで、他国の高位貴族である三人を表立って告発する事は出来ないみたいなんだ」

「でも、このままにしておく気はないんでしょ？」

フォルバックを一緒に尋問したボルトン辺境伯家の騎士団隊長も、他国の貴族は罪に問えないと言っていた。バーキラ王国の話なら、証拠なんてシルフ達大精霊の証言だけでＯＫなんだろうけど。

アカネは僕が何らかの報復をすると思っているらしい……するんだけどね。

◇

そして、僕はカエデと二人闇に潜んでウェッジフォートに来ていた。

いつもの隠密スキルと認識阻害の外套《がいとう》に、更に姿を見えなくする幻影魔法を魔導具化した物を僕もカエデも装備している。

絶対、僕達だとバレたくなかったので、気配を消して行動する事に関しては仲間の中ではナンバーワンのカエデとナンバーツーの僕の二人だけでの潜入となった。

ソフィアが僕の護衛について来たがったけど、戦闘になる予定はないし、これは言ってみれば嫌がらせというか、イタズラみたいなものだもんな。流石にソフィアを付き合わせるのは悪い。

(マスター、この馬車からあの豚の臭《にお》いがするの)

(ありがとう、カエデ)

僕とカエデは、ウェッジフォートの一軒の高級ホテルの馬車置き場に忍び込み、ひときわ目立つ派手な馬車の側に来ていた。

この馬車の持ち主は、ユグル王国の貴族で今回の元凶、ホーディア伯爵だ。カエデに頼み、事前にホーディア伯爵の臭いと気配を確認してもらっていた。

(じゃあ、カエデは周囲の警戒をお願い)

(任せて、マスター)

夜中に忍び込んで、ホーディア伯爵の馬車に何をしているのかというと、本当にただの嫌がらせだ。

(さて、車軸が絶妙なタイミングで折れるように、と、「錬成」)

僕は鉄の車軸に錬金術で炭素を錬成し、走っているうちに破砕《はさい》するようにした。

(ウェッジフォートとユグル王国の国境までの中間地点辺りで、タイミングよく壊れたら大成功なんだけどな)

僕がこの嫌がらせをするってみんなに言った時、ソフィアとルルちゃん以外は苦笑いするだけだった。僕も我ながら子供のイタズラレベルだと思っているさ。


その後、セコナル伯爵とボターク伯爵が宿泊している、別の高級ホテルの馬車置き場で同じ作業をする。

ウェッジフォート - ユグル王国間は未開地とはいえ、街道の周辺の魔物討伐が進んでいるから、然程危険はなくなってきているけど、ウェッジフォート - サマンドール間の未開地は、まともな街道の整備が出来ていないので危険だ。だから、セコナル伯爵とボターク伯爵は、ロマリア王国とトリアリア王国経由のルートを選んでいる。

ロマリア王国やトリアリア王国内で馬車が壊れても、あまり嫌がらせにならないので、ウェッジフォートからロマリア王国の砦までの中間地点で壊れるよう調節して「錬成」する。

(よし、カエデ、撤収だ)

(了解、マスター)

こうして未開地の真ん中で立ち往生して困っている奴らの姿を想像して、ほんの少しだけスッキ

リした僕はカエデと静かにその場をあとにした。

14　顛末《てんまつ》

闇ギルド、月影の梟の首領フォルバックが指揮した、タクミ達への襲撃。

それが失敗した事は、二日後にはウェッジフォートに滞在する、ホーディア伯爵、セコナル伯爵、ボタークク伯爵の耳に届いた。

◆

ガラガラガラ……

何かに追い立てられるようにウェッジフォートを出発した趣味の悪い派手な馬車があった。

その中で、ホーディア伯爵が当たり散らしている。

「クソッ！　大陸一の闇ギルド組織がだらしない。小僧一人も殺せんのか！　それよりもあの小僧だ！　人族の平民の分際で、儂のソフィアを嫁にするなど度《ど》し難《がた》い」

ホーディア伯爵は焦っていた。

襲撃失敗の痛手もさる事ながら、それを画策した首謀者であるのがバレつつあったのだ。

襲撃者達が全滅したのなら問題はなかった。だが都合の悪い事に、その一部は生き残って拘束されている。金でしか繋がりのない関係。すぐに口を割るに違いない。

そして、ウェッジフォートからユグル王国への街道を逃げるように進み、ユグル王国の国境まであと三日という頃――

「まったく、襲撃者の中にはエルフもいたというに、どうせなら全員死ねば……なっ⁉」

相変わらず怒鳴り続ける彼を、衝撃が襲った。

馬車の車軸から異音がし、そのまま馬車は横転してしまう。


「……グッ、う、な、何がどうなった！」

「閣下、ご無事ですか！」

ホーディア伯爵が何とか身体を起こし、外にいる騎士に何が起こったのか問うと、駆けつけた護衛の騎士は馬車の車軸が折れた事を告げた。

「さっさと修理せんか！　まだ国までは距離があるんじゃぞ！」

「申し訳ありません。応急処置では無理そうですので、ウェッジフォートか、国の国境近くの街で職人を雇う必要があります」

「なっ、何じゃとぉ！」

ホーディア伯爵はプルプルと震えたかと思うと、騎士や従者達に当たり散らした。

結局、騎士が馬をウェッジフォートに走らせ、馬車を修理出来る職人を連れてくるまで、未開地でビクビクしながら野営するはめになった。

◆

ところ変わって、ロマリア王国方面に進む数台の馬車の隊列。サマンドール王国の貴族、セコナル伯爵とボターク伯爵が乗る馬車の列である。

二人の目的だったタクミの殺害はおろか、金になりそうな女達、竜馬、馬車の確保は、全て失敗に終わった。第二の目的だったウェッジフォートの代官との交易交渉も、良い返事は聞けなかった。

タクミ殺害の失敗を耳にした時、二人は己の耳を疑った。

月影の梟は、セコナルやボタークも知る大陸一の闇ギルド。そこに、サマンドール王国を縄張りにする闇ギルド、更にはユグル王国を縄張りとする闇ギルドが共闘したのだ。負ける理由はないと思っていたのだが……

「クソッ、何が大陸一の組織だ！　また金を失っただけではないか！」

馬車の中で、唾を飛ばして不満をぶちまけるのは、セコナル伯爵である。

彼の馬車から数十メートル離れて走る、別の馬車では、ボターク伯爵も同じように、怒りに任せて喚き散らしていた。

彼らは腐ってもサマンドール王国の伯爵である。ウェッジフォートまでの旅費と滞在費が、安く済むはずもない。それに加え、闇ギルドを連れてきていたのだから、セコナル伯爵家とボターク伯爵家は大きな負債を抱えた。

「ウェッジフォートの代官も何様なのだ！　儂はサマンドール王国の伯爵だぞ！」

「旦那様、ウェッジフォートの代官はボルトン辺境伯を寄親《よりおや》に持つ子爵でございます。我が国とバーキラ王国とは国交があるとはいえ、聖域関連の事業は三ヶ国合同事業。まずは我が王にバーキラ王への書簡《しょかん》を出していただき、その後、交渉するのが筋かと」

「そんな事はわかっておるわ！」

セコナル伯爵やボターク伯爵の商会が、聖域関連の交易に参加しようとするなら、本来なら国のトップ同士の話し合いのあと、実際の交易の話へ移るもの。それを飛ばして、直接ウェッジフォートに乗り込んで、爵位が下だからと他国の貴族である代官に要求を呑ませようとは……無茶にもほどがあった。

セコナル伯爵が自分を諌《いさ》めた家宰に文句を言いかけたその時、彼の乗る馬車の下から大きな破砕音が鳴った。

馬車が大きく揺れて横倒しになる。

ほぼ同時に壊れた二台の馬車。

その修理をするため、セコナル伯爵とボタ―ク伯爵は足止めを食う事になった。壊れていない馬車に乗り換えるという選択肢もあったのだが、荷物を載せる簡素な馬車に乗るなど、プライドの高いセコナル伯爵やボタ―ク伯爵の頭にはない。

結局、ホーディア伯爵と同じように、二人は未開地で何日か野営をするはめになった。

自身の置かれた状況に、不機嫌に当たり散らす彼らだったが、馬車を壊した犯人がタクミだとは知る由もなかった。

◇

三人の貴族に対する僕、タクミの嫌がらせは、思いのほか上手くいったようで、シルフがお腹を抱えて笑いながら教えてくれた。

「フフフッ、見せてあげたかったわ。あの精霊の祝福を失った年老いたエルフ。ビクビクしながら何日も野営してたわ」

「まあ、襲撃された仕返しにもなってないけど、ちょっとは気分がマシになったかな」

シルフ経由で報されたホーディア伯爵一行の状況に、少しだけ……本当に少しだけスッキリした。

今回の件に限らず、ホーディア伯爵には迷惑していたからね。

「それで、サマンドール王国の二人はどうだった？」

僕がそう尋ねると、ソフィアが答える。

「ウェッジフォートの代官が、あの二人にだいぶ困らされたようです」

確か、セコナル伯爵とボタージュ伯爵だったかな。あの二人はウェッジフォートに滞在中、好き勝手に振る舞っていたと聞いている。

シルフが嬉しそうに話す。

「フフッ、あの二人も随分慌てていたわよ。まあ、ウェッジフォートで高値で買いつけた荷馬車は無事だし、あの豚エルフに比べればマシだったかもね」

「ロマリアの砦までは、そんなに距離はないからね。ユグル王国までのちょうど中間地点で馬車が故障したホーディア伯爵よりはマシだったね」

サマンドール王国への帰路は、ロマリア王国とトリアリア王国経由で戻る予定だったセコナル伯爵とボタージュ伯爵。

馬車が故障した地点から、ウェッジフォートとロマリア王国の間にある砦までは、普通の馬が引く馬車でも五日もかからないと思う。普通の馬車に長らく乗っていない僕は、いまいちピンとこないけどね。

「まあ、しばらくはタクミの周辺を精霊に警戒させておくわね」

「ありがとう、シルフ。僕も油断しないようにするよ」

僕を殺そうとしただけでなく、ソフィアやマリア達を奴隷にしようとした、その罪に対する罰としては軽すぎる。

けれど、平民の僕として他国の貴族に出来る嫌がらせはこの程度かな。

◆

シドニア神皇国が崩壊したあと、一度荒廃したその国土の復興は、バーキラ王国、ロマリア王国、ユグル王国の三ヶ国主導でゆっくりとだが進んでいる。

そのシドニア神皇国の中で、未だに神光教を信仰する者は残っていた。

シドニア神皇国辺境にその教会はある。寂れているが、建物は豪華で大きく、かつての隆盛を窺《うかが》わせる。

そこに、魔大陸への逃亡に同行を許されなかった者達が集っていた。つまり、神光教でも下層に位置していた者達ばかり。だが、だからといって彼らが瘴気に侵されていないわけではない。

シドニア神皇国崩壊後、神光教の信者は苦難の連続だった。皇都の教会本部からの援助はなくなり、教会が建つ街や村からのお布施《ふせ》もなくなった。

今まで民から搾取《さくしゅ》する側だった神官達は、恨みを募らせた。

そんな時だった。

辺境に逃げるように集まった彼らのもとに、魔大陸から聖遺物《せいいぶつ》ともいえる物が届けられたのである。

それは、禍々しい魔力を内包するカケラ。

闇ギルド、月影の梟のボス、フォルバックがその一部を手に入れ、黒いオーガを生みだした邪精霊由来のカケラである。

正常な人間なら、その瘴気を見ただけで正気を保つ事は出来ない。だが、瘴気に侵された彼らは、カケラから神聖な何かを感じた。

それが彼らのもとにたどり着いたのは偶然なのか、それとも必然だったのか。

タクミ達が気づかぬうちに、ゆっくりと厄災の種が育ち始めていた。

静かに、ゆっくりと。そして確実に……

15　王都への呼びだし

「旦那様、ポートフォート卿より書簡が届いています」

「ポートフォート卿から？」

ボルトンの屋敷で、セバスチャンに呼び止められる僕、タクミ。

何でも、バーキラ王国宰相であるサイモン・フォン・ポートフォート様からの書簡だそうで、僕と会談を持ちたいとの事。

一平民の僕がこれを断れるわけもなく、事実上の召還命令だな。

まあ、サイモン様には貴族と平民という身分差を越えて仲良くしていただいているので、会いに行く事は問題ない。だけど、こうして正式な手順を取ってきたという事は……バーキラ王国絡みの依頼かな。

「はい。出来れば王都でお会いしたいそうです」

「……本当だね。そう書いてあるよ」

セバスチャンから受け取った書簡を開いて読む。書簡には、丁寧な季節の挨拶のあと、王都で会いたいという事が書かれていた。

ソフィアが尋ねる。

「タクミ様、どうされますか？」

「うん、転移で行ってくるよ」

転移での移動だから、同行者はひとまずソフィア、マリア、マーニの奥さんズの三人と数人の従者にしておいた。

僕の魔力なら全員連れていけるけど、わざわざ魔力を大量に消費する事もないと、アカネやレーヴァは遠慮してくれたのだ。

◇

王都の近くの人の目につきにくい場所に転移した僕達は、ここから徒歩で王都へ向かう。

「こ、これは、わかってはいても驚きますな」

初めて転移を体験したセバスチャンが驚いている。

セバスチャンは、普段ボルトンの屋敷にいるのだけど、聖域の屋敷を担当するジーヴルがまだ若い事もあり、転移ゲートで頻繁にボルトンの屋敷と聖域の屋敷を行き来している。だから、ゲートによる転移は慣れているのだが、何の魔導具もなしに身一つで転移するのは初めてだった。

「ゲートによる転移とはまた違うかな？」

「はい……ゲートは移動したという実感があまりないものですから」

「ふ～ん。そんなものかな」

確かに、ゲートが設置されている地下室の造りは、ボルトンも聖域も同じような物だから、遠距離を移動している感覚は乏しいかもしれないな。

少し歩いて街道に出ると、王都に続く道らしく、多くの人や馬車が通行している。

「王都も以前より賑やかになりましたな」

「そういえば、セバスチャンは昔の王都を知っているんだったね」

「はい、歳《とし》だけは重ねていますので」

「いやいや、セバスチャンの知恵や経験には、いつも助けられているよ」

冒険者風の僕達と執事服のセバスチャンが一緒にいると目立つのかな、周りの人達がチラチラと見てくる。

まあ、確かに、冒険者と執事の組み合わせは違和感があるかもね。

そんな微妙な視線に晒されながら、王都に入るため、門の前に出来ている列に並ぶ。

ちなみに、転移で移動する僕達はいつ王都へ来るのかわからないという事で、迎えの馬車を手配してもらっていない。サイモン様の書簡を見せれば、この長い列に並ぶ事もないいんだろうけど、急いでいるわけでもなし、のんびりと列に並ぶ事にした。

列に並びながら、セバスチャンが感慨深そうに言う。

「こうして門に並ぶのはいつ以来でしょうか。若い頃を思い出しますな」

「セバスチャンだけでも通してもらう？」

「ご冗談を、旦那様。旦那様や奥様方を差し置いて使用人の私が楽は出来ません。それにご安心ください。私はまだまだ若いですぞ」

冗談めかして言うセバスチャンに、僕は笑ってしまった。

セバスチャンは若い頃から執事として働いていたため、王都への出入りはいつも主人と一緒だったのだろう。高位貴族家に勤めていたのだから、長い列に並ぶ事もなかったと思う。

僕は、門の奥に広がる王都の街並みを眺めつつ、ふと呟く。

「いっそ王都にも拠点を設けようかな」

すると、ソフィアとマリアが首を横に振る。

「そこまで多くの拠点は管理しきれないと思いますよ」

「そうですよ。今でもボルトンと聖域と天空島と魔大陸、それにウェッジフォートとあるのに、これ以上増やすとマーベルさんに叱られますよ」

「うっ」

王都にも拠点があった方が便利かなって、思ったままを口に出したら失敗したな。二人から叱られてしまった。

続いてセバスチャンも言ってくる。

「そうでございますね。旦那様、拠点を増やすのは、信頼出来る使用人の人数がもっと増えてからで良いのでは？」

「そ、そうだね。うん、そうしよう。僕もマーベルに叱られたくないからね」

長い列を待つ時間潰しの雑談だったんだけど、僕が叱られっ放しなのはどうしてだろう。

◇

王都の門番が優秀なのか、長い列は思ったよりも早く進んだ。それでも二時間ほどかかって、僕達はようやく王都に入る事が出来た。

ホテルにチェックインしたあと、早速セバスチャンにサイモン様のアポを取ってもらう。

流石に何日も待たされる事はないだろうとは思う。まあ、たとえ数日待たされる事になっても、ホテルの部屋を確保してあるので、ここから転移して聖域やボルトンの屋敷を往復出来るから問題ないといえば問題ないけど。

予想以上に早く返事がもらえた。

セバスチャンが報告してくる。

「旦那様。ポートフォート卿から、明後日の午後に王城へお越しくださいとの事です」

「明後日か……どうしようかな」

少なくとも明日一日はフリーになったので、一度聖域に戻るかどうしようか考えていると、セバスチャンが言う。

「旦那様、私は王都で情報収集をしたいのですが、よろしいでしょうか？」

「情報収集？　それはありがたいけど、無理しない範囲でお願いね」

「かしこまりました」

セバスチャンは王都に昔の伝手《つて》があるらしい。

そこへ、マリアが声をかけてくる。

「じゃあ、タクミ様は私達とお買い物ですね」

「へっ？」

「そうですね。色々と新しい服を見たいですし」

マーニまで乗り気だ。

「い、いや、服はカエデとマリアが作るんじゃないの？」

僕が慌ててそう言うと、マーニとマリアが強く主張する。

「タクミ様、流行のデザインをチェックするのですよ！」

「そうです。デザインのアイデアを得るのに大事な事です！」

「……はい、わかりました」

こうしてマリアの発案により、明日は王都で服屋の梯子《はしご》をする事が決定してしまった。

嫌がってるみたいで失礼かもしれないけど、女性の買い物に付き合うって事を甘く見てはいけない。男の僕には苦行《くぎょう》と変わらないのだから。

でも、奥さん達に反対出来るわけもなく、明日は一日王都引き回しの刑……いや刑なんて思ったら怒られる。

デートだ、デートを楽しむんだ。そう……楽しければいいのになぁ。

16 未開地開発計画

買い物イベントは滞《とどこお》りなく終わり、ついに謁見する日になった。

王城へは僕とソフィア、それにセバスチャンの三人で向かう。

サイモン様が手配してくれた馬車に乗り、王城の門をくぐり、案内の騎士のあとについて会議室に通される。

待つ事しばし、バーキラ王、宰相のサイモン様、護衛のガラハット騎士団長、ボルトン辺境伯と数人の文官が入室してきた。

「おう、イルマ殿。活躍は聞いているぞ」

フランクに声をかけてきたバーキラ王に、僕は慌てて立ち上がり挨拶をする。

「こ、こんにちは、陛下」

「うむ。まあ、座ってくれ」

護衛のガラハット騎士団長以外が席に着くと、サイモン様が僕を呼びだした経緯について説明し始める。

「今回、イルマ殿をわざわざ呼び立てたのは、未開地北部の問題に関してじゃ」

「……未開地北部ですか？」

サイモン様は更に続ける。

「うむ。現在未開地は、聖域、バロル、ウェッジフォート、ボルトン、これらの間の整備は進んでおるんじゃ。魔物の討伐も盛んに行われ、一般の商人は護衛を雇わずに交易出来るようになっている。これには我が国だけでなく、ロマリア王国も大きく恩恵を受けておる。じゃがな、同盟三ヶ国のうちユグル王国だけが、距離的な問題もあり、恩恵が少ない状態なんじゃ」

ウェッジフォートとロマリア王国の間には、中継地となる砦が建設され、聖域からウェッジフォートを経てロマリア王国へ至る交易で、重要な役割を果たしているという。

そのようにますます発展しているロマリア王国方面に比べ、未開地北部を抜けた場所にあるユグル王国は、街道整備をするのが手いっぱいらしい。

何だか嫌な予感しかしない。公共事業のような大きな話に、僕みたいな一般人が噛んでいいのか聞いてみる。

「え～と、僕が聞いていい話ですか？」

「今更何を言っておる。ウェッジフォートだけでなく、トリアリア王国とシドニアとの戦争時に建設した砦群は、イルマ殿が成した物ではないか」

「……はぁ」

既に色々やらかしている自覚はあるので、それを指摘されると何も言えなくなる。

「それで、ユグル王から協力要請があったのじゃよ。街道拡張整備と、中継地点に砦の建築をしてほしいとな。出来れば、ウェッジフォートとまではいかなくても、魔物の脅威から自衛出来る程度の城塞都市にしたいようじゃ」

確かにユグル王国は、ウェッジフォートとの間に中継地が欲しいだろうな。それだけで随分とウェッジフォートやバロルに来やすくなる。ユグル王国へ向かう商人も呼び込みやすくなるだろうしね。

「協力という事は、事業主体は、ユグル王国なんですよね」

そう聞いてみたものの、それならこの場にユグル王国の関係者がいないのはおかしいよな。

僕が不審に思っていると、サイモン様は難しい顔をして言う。

「本来なら、ユグル王国が事業のほとんどを行い、我が国やロマリア王国は、中継地となる場所までの街道拡張整備を担当する程度に留めるのが筋《すじ》だろう」

「……と、いう事は違うのですね」

サイモン様は言いづらそうにしつつ告げる。

「うむ。ユグル王が言うには、エルフの土属性魔法師は、イルマ殿のように建築目的に魔法を使うなど考えた事もなかったようでの。戦争時の砦建設でその有用性を認識したはずなのじゃが、戦いのための攻撃や防御ならいざ知らず、大工の真似は出来んとヘソを曲げておるらしい。これにはユグル王も頭を抱えておるらしいの……」

つまり、僕にやってくれって事か。

「はぁ、何となくわかりました。けど、僕がどこまで手伝うのかは、国同士で揉めないようにお願いしますね」

「うむ。これから中継地点に建設する街の規模や縄張り、資材の調達や各国の分担、イルマ殿への報酬など、ユグル王国と話し合うつもりじゃ。で、イルマ殿は助力してもらえると考えていいのだな？」

「はい、僕で出来る事なら」

「すまんな、イルマ殿。報酬は弾むようユグル王にも言っておくぞ」

僕は色々考えたうえで、この話を受ける事にした。

まあ、断れるわけないいんだけどさ。

とはいえ、ウェッジフォート‐ユグル王国間が安全に行き来出来るようになれば、ミーミル王女のためになる。ソフィアの両親も聖域に遊びに来やすくなるだろうしね。

こうして、未開地北部の開発計画は動きだした。

まだまだ三ヶ国間で決めないといけない事柄が多く、設計や場所の選定はもう少し先になると言われたけどね。

ひとまず僕は、資材の確保だけはしておこうと、王城をあとにした。

◇

王都からボルトンへ戻った僕は、必要になる資材をリストアップする事から始めた。

とりあえず石材があれば良いかな。

それなら未開地にある採石所で石材を確保しよう。何故未開地なのかというと、未開地ならタダで石材が手に入るからという単純な理由。まあタダだからといって、魔物が跋扈《ばっこ》する未開地で採石するのは僕くらいだけどね。

パペック商会にも色々とお願いしないといけないな。いや、ユグル王国の商会を使わないとダメなのかな。その辺はサイモン様に確認してからにしようか。

「セバスチャン、僕はとりあえず石材を採ってくるよ。留守中にサイモン様から連絡があったら、対応よろしく」

「かしこまりました」

「タクミ様、護衛は私とマリアで大丈夫ですか？」

未開地へ同行しようと、ソフィアが聞いてきた。

するとマリアが言う。

「あっ、ソフィアさん。私とカエデちゃんは、王都で見た最新のファッションを参考に、新しい服を作りたいんですけど……」

「では、私がお伴します」

マリアは王都で見た服に刺激を受けたようで、カエデとしばらく服作りに集中したいらしい。その代わりに行ってくれると言ったのはマーニだ。

「じゃあ、ソフィアとマーニにお願いしようかな。そんなに危険な魔物はいないだろうし、いざとなったらタイタンやツバキもいるからね」

「私はグロームを使って広域を警戒出来るので、安心して採石してください」

確かにソフィアの従魔、サンダーイーグルのグロームなら、あの辺りの魔物に後れを取る事はないだろうし、空から警戒してくれたら安心して採石出来そうだな。

「じゃあ、今日中には戻る」

僕はセバスチャンにそう言ってその場をあとにする。

そして何度も足を運んだ事のある、未開地にある良質な石材が採れる場所へ、ソフィアとマーニの三人で転移した。

◇

グロームが上空を警戒する中、ソフィアとマーニが僕の周辺を見張ってくれる。

僕は念には念を入れて、亜空間からタイタンを呼びだす。

「タイタン、僕が採石する間、周辺の警戒をお願い」

「リョウカイ、デス。マスター」

タイタンが、ソフィアやマーニから少し離れた場所で見回り始めたのを確認し、僕は石材を採り始める。

錬金術の素材にするので、形や大きさは関係ない。

まあ、土属性魔法でブロック状にした石を積み上げ、組み合わせて建てる方法もあるにはあるのだけど、魔力量が多く錬金術が使える僕なら、そんな手間をかける必要はない。錬金術で一気に錬成した方が早いし面倒がなくていいからね。

巨石がいくつかあったが、水をウォーターカッターのように操る水属性魔法で切り取って、アイテムボックスへ収納していく。

ウェッジフォートよりも小さな城塞都市でいいと聞いているから、そこまで石材はいらないかもしれないな。たぶん、旅の途中に安心して休める宿が数軒あればＯＫくらいの規模なんだろう。でもまあ資材に余裕があるのはいい事だよね。

しばらく無心で作業に没頭《ぼっとう》していると、ソフィアが話しかけてきた。

「タクミ様、そろそろお昼ご飯にしましょう」

「うん、わかった。ちょっと待ってね」

僕は自分に浄化魔法のピュリフィケーションをかけて汚れを落とす。

ソフィアとマーニが敷物を敷いて、お弁当を用意してくれた。

「どうぞ、タクミ様」

「ありがとう、マーニ」

マーニからお弁当とお茶を受け取る。

そんなふうにして三人でお昼ご飯にする。申し訳ないけどタイタンには、その間の僕達の警護をお願いしてある。まあグロームもいるので大丈夫だろうけどさ。

一通り食べ終え、食後のお茶を飲んでいると、ソフィアが尋ねてくる。

「一日で終わりそうですか？」

「街の中の建物全部となると無理だけど、全部の建物を僕が造る必要はなさそうだしね」

「そうですね。事業主体はあくまでも、ユグル王国じゃないといけませんからね」

そう、新しく未開地の北部に建設される城塞都市は、一応ユグル王国が造る事になっている。

それでも街を囲む外壁は僕が造らざるをえないんだけど、あまりやりすぎないように留める予定だ。街の中の建物はユグル王国が主体となって工事を行わないと、バーキラ王国に造ってもらった街なんて言われるからね。

「だから、ここの石材が必要なのは、石畳の道と工事関係者用の宿舎や駐屯する兵士用の兵舎だけかな」

「では、日が暮れる前には終わりそうですね」

「そうだね。たぶん、夕方には帰れると思うよ」

本当の事を言えば、錬金術で石の建物を造る場合でも、わざわざ石材を用意する必要はない。その場にある土や砂を石材に錬成すればいいだけだしね。

じゃあどうしてわざわざここに来ているのかというと、錬成するより石材を使った方が、魔力の使用量が少なくて済むから。

という事だから、もうちょっと頑張ろうかな。

◇

石材の調達を終えた僕達は、いつものようにボルトンや聖域の屋敷で過ごし、時折魔大陸にある拠点や天空島に足を運び、ベールクト達有翼人族と交流したりしていた。

そんな生活を送っていると、セバスチャンから、宰相のサイモン様がウェッジフォートに来ると連絡が入った。

「ポートフォート卿は、三日後にはウェッジフォートに到着なさるようです」

「僕もウェッジフォートで会わなきゃダメなんだよね？」

「はい。旦那様に同席いただいて、会合を開きたいと仰《おお》せです」

「会合？　という事は、ユグル王国側の責任者もウェッジフォートに来るのかな？」

「ええ。ユグル王国側からは開発計画の実務者と、ミーミル王女が会合に参加されます」

セバスチャンから聞かされたのは、意外な人物の名前だった。

意外というか、聖域ではお隣さんなので、頻繁に顔は合わせている。そのミーミル王女と改めて仕事で顔を合わせるとは……何か変な感じだな。

僕がそんなふうに考えていると、まるで僕の思考を読んだかのようにセバスチャンが、ミーミル王女が会合に参加する理由を話してくれた。

「ユグル王国はエルフの国でございます。千年以上の昔より、自分達を至宝の種族と驕《おご》る者は少なくありません。その中にあって、現国王、王妃殿下、ミーミル王女は驕る事のない希有《けう》な方々なのです」

つまり、潤滑油的な役割を彼女が担うというわけらしい。

セバスチャンの話では、ユグル王国とこうした話し合いをするのは、大変な労力と忍耐力が必要なんだとか。

「ひょっとして、鼻持ちならないエルフの役人が多いとか？」

「それだと五十点です、旦那様」

「えっ？」

「役人だけでなく、護衛の騎士や従者までが、他種族を見下した態度を取りますから」

「はぁ～。ミーミル様も災難だね。そんな仕事を押しつけられて」

僕がそんな感想を口にすると、セバスチャンが淡々と言う。

「彼らの高すぎるプライド、余りある虚栄心の性質を理解していれば、問題にはなりません。流石に例のオークに似た伯爵エルフのように、誰彼なしに罵倒したり暴言を吐いたりする者はいませんしね」

「ははっ、そうなんだ……」

どちらにせよ、大人な対応を強いられそうだね。

厄介な会合になりそうだなあと考えていると、側にいるソフィアが申し訳なさそうな顔をしていた。

ソフィアのお義父さんやお義母さんは、僕らにも普通に接してくれたから忘れがちだけど、ソフィアの義弟君がそうだったように、他種族を見下す気風は未だに根強い。

特に、王都の貴族や豪商にその傾向があるそうで、王都で騎士団に入っていた義弟君もその影響を受けたのだろうと思う。

「まあ、僕達は特別準備する必要もないかな」

もしエルフの役人のプライドのせいで、僕が関与しない方向で話がまとまっても、今回採った石材は僕の方で使えば問題ないか。


僕達は念のため前日からウェッジフォートに乗り込み、街で情報収集に努めた。

既に、バーキラ王国の宰相サイモン様がウェッジフォートに入ったとの情報は得ている。一方のユグル王国側は、ミーミル王女は昨日ウェッジフォートに到着しているとの事。その他の文官が到着しているのかは不明。

まあ、ミーミル王女は聖域からの移動だろうけどね。

◇

会合当日、サイモン様の迎えの馬車で、ウェッジフォートの小高い丘の上に建てられた城へ向かう。

城の一室に通されて待っていると、人が近づいてくる気配がした。

「わざわざすまないな。どうか座ってくれたまえ」

入ってきたのは、バーキラ王国側の人間として、サイモン様と補佐の文官が二人。その後ろにはユグル王国側の人間として、ミーミル王女と宰相のバルザ様が現れた。

バルザ様までいるのには驚いたが、よく考えたらバーキラ王国は宰相のサイモン様が出席しているのだから、ユグル王国の宰相が来るのも当然か。

話し合いは、僕が作った大まかな未開地の地図を広げて始まった。

まず未開地の北部、ウェッジフォートとユグル王国の間に建設する街について。バルザ様が、僕がどの程度関わるべきかについて話す。

「我らとしては、イルマ殿の作業量が増えるのは避けたいのじゃ」

「お恥ずかしい話ですが、未だにイルマ様へ嫉妬や恨みを持つエルフは多いのです。新しい街のほとんどをイルマ様が造ったとなったら……」

ミーミル王女がそう言ったところで、僕は言葉を継ぐ。

「反発するエルフが出てくるんですね」

二人の話によると、僕が人族なのに聖域の管理者かつ精霊樹の守護者となった事に、面白く思わないエルフが一定数いるのだそうだ。ミーミル王女は、濁してくれたけど、面白く思っていない者の方が多いんだと思う。

バルザ様が更に続ける。

「そこで、バーキラ王国並びにイルマ殿に、街の防壁とウェッジフォートから街までの街道整備をお願いしたい」

「出来れば、防壁の中の整地もお願いしたいです」

「うむ、それくらいが適当だろうな。どうだ、イルマ殿」

バルザ様とミーミル王女から要望が伝えられ、サイモン様はそれで問題ないと考えているみたいだ。というか、ほぼ僕が予想していた通りだったな。

「僕の方は大丈夫です。では、続いて場所の選定ですが」

どこに街を造るかの話をすると、バルザ様が言いにくそうに身じろぎする。

「その場所なのですが、理想を言えば、我が国とウェッジフォートの中間地点が望ましいのだが、水利《すいり》の問題でだいぶ我が国寄りになってしまうのだ」

バルザ様は地図の一点を指差している。

それを見て、サイモン様が少し眉根を寄せる。

「うーむ。となると、街道整備の負担が増えるのですな」

「申し訳ないが、お願い出来ないか」

実際のところ、街を造るうえで切っても切れない、水の問題は大きい。ウェッジフォートを造る際には、井戸と湧水の魔導具を大量に用意する事でその問題をクリアしたけど、あそこは僕が自《じ》重《ちょう》を忘れて造った街だから例外。水の利の良い場所を選ぶのが普通なのだ。

そんなわけで、街の建設位置はかなりユグル王国寄りになるらしい。その距離およそ五十キロ。

その分の街道整備を負担してほしいとバルザ様が頼んできたんだけど。

サイモン様は流石に困ったようで考え込んでいる。工事は僕がするんだけど、バーキラ王国とユグル王国の共同事業というのもあって、工事中の僕達の護衛はバーキラ王国の騎士団がする事になっていた。

「……ふむ、そうなるとイルマ殿への報酬の増額は当然として、日数が延びる分の護衛の騎士団の食料などの経費を負担していただくという事でどうですかな」

「日程が延びた分の騎士団への報酬はよろしいので？」

「そこは同盟国のよしみとしておこう」

バルザ様とサイモン様の話はまとまったようだ。

ユグル王国としては出費は出来るだけ抑えたいはずだけど、ロマリア王国が小さな砦とはいえ、自前で建設しているので、三ヶ国同盟のうちユグル王国だけが得をしすぎるのはダメなんだろう。

それにしても、バーキラ王国が譲歩しすぎな気がしないでもないけど。

最後に、僕達への報酬。これは面倒だからサイモン様に丸投げした。

仕方ないじゃないか。街を囲う防壁を造り、その中の土地を整地する費用なんてわからないもの。

基本的に全部魔法頼みだし。

その場で、街のだいたいの大きさが決められ、ユグル王国の望む防壁の高さや門の数と位置などの打ち合わせをした。

こうして、ユグル王国との話し合いは終わった。

心配していたようなトラブルにはならなかったな。


「あんなにたくさんの石材はいりませんでしたね」

「そうだね。いっその事ユグル王国に石材を売ろうかな。まあ、何かに使えるか」

ウェッジフォートの城からの帰り道、ソフィアから石材の確保は必要なかったと言われたが、石材は何かに使えるから問題ない。

続いてマリアが尋ねてくる。

「街道の石畳みに使わないのですか？」

「流石に僕に割り当てられた距離の分、街道を石畳みにする量はないかな。多少魔力は食うけど、街道の路面を石にする方が面倒がなくていいよ」

効率を考えたら石材を使用しない方が良かったりする。街道は相当な長さになるから、魔力量でゴリ押しちゃった方が良いかなと。

「とりあえず聖域の屋敷に戻って、どんなメンバーで行くか決めようか」

「そうですね。アカネやレーヴァがどうするのか聞いておきましょう」

僕と護衛のソフィアは確定として、マリアは時間のある時だけ参加。カエデとの服作りが忙しいらしいから無理かな。マーニは僕の世話をするために全日参加。流石に未開地へメイド達を連れていけないしね。レーヴァは手持ちの仕事次第だと思う。

いずれにしても、ウェッジフォートの半分もないくらいの大きさなので、街道の整備を含めても、そこまで日数はかからないだろう。

17 北部開発

ゴゴゴゴゴォォォォォ!!

地面が平らになったあと、表面が石に変化していく。なおその表面には、馬車や馬が滑らないように、細かな滑り止め加工を施しておいた。

ウェッジフォートの北門より、ユグル王国へ続く街道。

以前から最低限の道は整備されていたんだけど、ウェッジフォートから聖域までの街道と比べると、見劣りしていたのは事実だった。

誇り高いというか、見栄《みえ》っ張《ぱ》りのエルフはそのあたりが我慢出来なかったようで、今回の事業に街道整備が組み込まれていたのは、そういう理由もあったらしい。これは、サイモン様が言っていた事だ。

歩くよりも少し速いペースで街道を造る僕に、騎士が近づいてくる。

「イルマ殿、今日の野営地はこの辺りにしようかと思います」

「了解です。じゃあ、簡易の野営地を造りますね」

「仕事以外の作業を頼むのは気が引けますが……お願いします」

「気にしないでください。このくらい何でもないですから」

僕は土属性魔法で、街道の側の土地を整地すると、その場に防壁と堀を造り上げた。あくまで簡易の物なので、防壁の高さや厚さはそれなりだ。一応、錬金術で防壁の硬化を施しておく。

次に、騎士団の人達用の野営地を造る。この場にある土だけで造るとなると周囲の土が削られてしまうので、あらかじめアイテムボックスに収納してあった石材なども使い、錬金術で一気に錬成した。

作業を一通り終え、僕はマリアに笑いかける。

「早速、石材が役立ったね」

「でもこの建物、明日の朝には解体しちゃうんですよね。何だかもったいないですね」

すると、ソフィアが告げる。

「マリア、それは仕方ないわ。このまま残すと、盗賊の根城にされたり、ゴブリンやオークの巣にされたりするのよ」

実際のところ、これだけ街道に近ければ魔物が棲み着く可能性は低いかな。とはいえ、盗賊達が街道を行き来する馬車を襲うための拠点にはなるかもしれない。

今度はマーニが尋ねてくる。

「私達も野営するのですか？」

「それなんだよね。あまり僕が転移魔法を使える事を広めたくないから、僕達用の建物を別に造るつもりなんだ」

僕の転移魔法や聖域やボルトンの屋敷に設置しているゲートに関しては、一応トップシークレットだ。なんて言いながら、有翼人族やセバスチャンやメイド達も知っているから、出来ればって程度だけどね。

僕達用に簡単な造りの建物を建てて、今日の作業を終了する。

晩ご飯の準備をマーニとマリアに任せ、僕は部屋の中にテーブルや椅子、ベッドをアイテムボックスから取りだし配置していく。いつもの野営時は、ツバキの引く馬車の中で過ごすのだけど、今回は騎士団の人達に合わせる事にしたのだ。


「タクミ様、食事にしましょう」

「うん、すぐ行くよ」

ベッドを並べていると、マーニが食事の用意が出来たと呼びに来た。

パーティメンバーで使えるように大きめに作ったテーブルに座る。

「申し訳ありません。簡単なシチューにしました」

「いや、まったく問題ないよ」

マーニが謝ってくるけど、野営での食事と考えれば上等だろう。ベースのスープはアイテムボックスの中にストックしていた物なので、大きく失敗する事はないしね。

「タクミ様、パンをお願いします」

「了解」

マリアが籠《かご》をテーブルの真ん中に置いたので、僕はアイテムボックスに大量にストックしてあるパンを取りだし、その中に入れた。

これで準備が出来た。食べる事にしよう！

「「「「いただきます」」」」

日本式の食事の挨拶も、我が家ではすっかり定着したね。まあこれは僕だけじゃなく、アカネがいるせいでもあるのだけど。

マリアがシチューを食べつつ、僕に報告する。

「タクミ様、私は明日は聖域でカエデちゃんと服作りです」

「わかった。じゃあ、朝一でこっそりと転移で送るよ」

「騎士団の人達に、マリアがいない事がバレるのでは？」

「大丈夫ですよ、ソフィアさん。だって、私は今日一日中隠密行動してましたから。騎士団の人達で私に気がついた人はいないと思いますよ」

マリアが認識阻害の外套を羽織り、一日中隠密スキルを使って気配を消していたのは、訓練じゃなく、途中で抜けられるようにするためだったらしい。

「なら大丈夫だね。明日は朝早いから、今日は早めに寝ようか」

「「「はい」」」

こうして僕達は、街道整備の一日目を終えた。

◇

朝一でマリアを聖域の屋敷に送ってトンボ帰りした僕は、野営地を手早く片付け石材を回収すると街道の整備を再開する。

僕が黙々と作業する間、ソフィアとマーニがすぐ側で護衛に付いている。

バーキラ王国から派遣されている騎士団達は、僕の護衛と街道周辺の魔物討伐をしていた。

ちなみにユグル王国側でも、騎士団による魔物討伐が行われているらしい。街が完成したあとのための、街道の安全確保なんだとか。

騎士団が僕を護衛しているのはそれだけが目的ではなく、監視の意味合いもある。そんなわけでサボる事も出来ず、僕はひたすら真面目に街道を整備していく。

「タクミ様、たぶんあそこですね」

「やっと着いたか」

「もう一息ですね」

街道を整備しながら進む事、数時間。ユグル王国の作業員が、街建設予定地までの水路工事をしているのが見えてきた。

「水堀《みずぼり》にするのかな？」

「どうでしょうか。空堀《からぼり》でも十分だと思いますが」

「……どうやら犯罪奴隷を使っているようですね」

僕とソフィアが堀の種類について話し合っていると、マーニが、作業をしている者がエルフだけじゃない事に気がついた。

その理由をソフィアが解説してくれる。

「建物を建てる職人は当然エルフですが、あのような重労働をさせる際は、犯罪奴隷を使う事が多いですね」

「そこまでして、土属性魔法や錬金術を使いたくないのかな？」

「職人は平民のエルフなので、そこまでこだわりはないと思いますが、それを監督するエルフがいい顔をしませんから」

サイモン様も言ってたけど、貴族階級のエルフは土木作業に土属性魔法を使うのを良しとしないみたいだな。その傾向は人族にもあったが、エルフは殊更強いようだ。

「工房に籠《こ》もって作業する鍛冶師が使っても問題ないでしょうが、大工が使ったらエルフの目につきますから」

「納得いかないなあ」

「タクミ様。エルフにとっての魔法とは、戦闘に際して直接ダメージを与えるものなんです。ですから、防御の印象が強い土属性魔法は人気がありません」

「人気って……」

僕は、錬金術や土属性魔法を使って物作りする方が楽しいと思うんだけどな。

そんな事をソフィアと話していると、ユグル王国側の騎士団と街の建設を監督する文官が近づいてきた。

こちらからも僕達の護衛役の騎士団の人達が前面に立って対応する。

互いに形式通りの挨拶を交わすと、街の設計図を持った文官のエルフが僕の方にグイと近寄ってきた。

「あなたがイルマ殿ですな。私が今回の街の建設を監督する、ユグル王国男爵ホルトです」

「タクミ・イルマです。数日の間ですが、よろしくお願いします」

ホルトと名乗ったユグル王国の文官は、僕が言った「数日」という言葉に一瞬怪訝そうな表情を見せる。だが、ウェッジフォートを十日で完成させたのを聞いていたのだろう、すぐに納得したように頷く。

「それで、イルマ殿にお願いがあるのです」

「お願いですか？」

僕は首を傾げる。

今回の工事に関しては、バーキラ王国とユグル王国との間で、作業分担が綿密に決められている。

今更、変更出来ないと思うんだけどな。

「はい。段取りとしては、防壁を築いたあとに街の中の建物を建設するのが常道《じょうどう》なのでしょうが、出来れば先に街の整地をしていただけないでしょうか」

「えっと、構わないですが……大丈夫ですか？」

作業の順番を変えるだけなら問題ないのかな。

でも、ここは安全な土地じゃなく、魔境が点在する未開地だ。だから魔物の襲撃に備えるためにも、囲うのを優先してたんだけど。

ホルトさんは力強く答える。

「問題ありません。魔物には我が国の騎士団が対応しますので」

「まあ、どうせ先にするのか、あとでするのかの違いですから、そうおっしゃるのなら」

「おお！　感謝します、イルマ殿。これで街の建設に取りかかれます」

ユグル王国からは、既に石材や木材などの建材が運ばれているそうで、ホルトさんとしては、それを整地済みの街に運び入れたいそうだ。

これで街の建設を進められると、ホルトさんは僕の手を取って感謝した。

「地面にマーキングしてありますので、その内側の整地をお願いします」

「了解です」

ユグル王国の貴族にしては、平民の僕にも丁寧な対応をする人だ。

僕は指定された場所に行くと、大量の魔力を練り込んで、イメージを固めると土属性魔法を発動させる。

ゴゴゴゴゴォォォォーー!!

地響きを鳴らして地面がうねり続ける。あっという間に、凸凹《でこぼこ》のない平《たい》らな土地が見渡す限り広がった。

「タクミ様、マナポーションです」

「ありがとう。流石に一度じゃ無理だったね」

僕はソフィアのくれたマナポーションを飲みながら、残りの整地をするために移動する。

「なっ、な、何と!? 一度に半分以上の整地を終えたのか! こ、これは、我らエルフも土属性魔法を有効に使うべきでは? いや無理だ。そんな事を言ったら私が上司に睨まれる」

ホルトさんがブツブツ言っているけど、僕は僕の仕事をしよう。

休憩を入れながら手早く整地を終えたところで、ホルトさんが復活する。それから彼は、資材の搬入や街割りの指示など、忙しく動き始めた。

「さて、今日の野営陣地を造ろうか」

「そうですね。そろそろ日が暮れそうですから」

そうしてバーキラ王国の騎士団用の野営地と、僕達用の物を手早く建設すると、その日の作業を終えるのだった。

◇

街の建設予定地での作業、二日目。

防壁を造ろうと図面に記された場所へと歩いていると、ソフィアやマーニに近づく嫌な気配を感じ取った。

そして案《あん》の定《じょう》、ガラの悪い男達がソフィアとマーニに絡んでくる。

「なあなあ、エルフの姉ちゃんとウサギの姉ちゃん。色っぽいじゃねぇか」

「ヒッヒッヒッ。俺達のヤル気を出させるための福利厚生だよな」

「ああ。女でも抱かなきゃやってらんねぇからなぁ」

とんでもない事を言ってるな。こいつら犯罪奴隷だよね。管理しているエルフは何してるんだろう。

ソフィアとマーニが完全無視していると、段々とエスカレートしていく。

「オイコラ！　無視するんじゃねぇぞぉ！」

「オラ！　ウサギ！　オメェなんか愛玩奴隷じゃねぇのか！」

僕の中でブチッとキレる音が聞こえた。

「「ヒッ⁉」」

僕が怒りのあまり威圧を発すると、さっきまで悪態をついていた犯罪奴隷達は腰を抜かして震えだした。

そこへ、エルフの騎士が飛んでくる。

「オイ！　お前達！　持ち場を離れて何をしている！」

早速ソフィアが、その騎士に今ここであった事を説明した。

すると、騎士の顔が真っ青になる。

「申し訳ない、イルマ殿。我が国の要請で来ていただいているにもかかわらず、不快な思いをさせて……」

「いや、謝罪は受け取ります。ですから、そんなに謝らないでください」

エルフの騎士が、僕にペコペコするのはあまりよろしくない。バカ達にはムカついてるし、管理しているエルフにも思うところはあるけど、謝ってもらえれば十分だ。

その後すぐに、ソフィアとマーニに絡んできた犯罪奴隷達は騎士に引きずられていった。

ソフィアとマーニが僕を気遣ってくる。

「タクミ様、あまり怒らないでください」

「そうです。私達は大丈夫ですから」

「……………」

僕としても怒っちゃいけないとわかってるんだけど、流石にさっきの奴らは酷すぎると思う。

「タクミ様が怒ってくれた事は嬉しいですが……」

「それでも、国の事業で揉め事はまずいと思います」

「……そうだね。僕も頭に血が上りすぎたよ」

ソフィアとマーニが宥《なだ》められたら、逆らえないよね。

家庭では奥さんが強いくらいが上手くいくって、昔親父が言ってた気がする。昔すぎて曖昧だけど。


気を取り直して、城塞都市の要《かなめ》となる外壁に取りかかる。

ゴゴゴゴゴォォォォーー‼

高さはウェッジフォートの15メートルに対して少し低めの10メートル、厚さは同じくウェッジフォートの3・5メートルに対して3メートルにし、その外側に深さ4メートル、幅8メートルの堀を造り上げる。

仕上げに土を硬い石に変化させ、更に「硬化」をかけて頑強な城壁に仕上げていく。

そんなふうにして、街の周囲を城壁で囲む作業を僅か五日でやり遂げた。ウェッジフォートの時は十日かかったけど、その半分の日数でやりきった。街のサイズが小さいというのもあるけど、僕自身の成長も影響しているんだろうね。

その後、側防塔を一辺に二ヶ所ずつ建て、城門を造った。そうした仕上げの作業に、更に二日かけるのだった。

◆

ゴゴゴゴゴォォォォォーーー!!

地面が鳴動して形を変えていく。

「な、何なんですか、アレは……」

土が盛り上がり、堀が完成して、立派な城壁があっという間に出来上がっていく。そんな光景を目の当たりにして、文官としてこの地に派遣されたホルトは驚きすぎて固まっていた。

「建築に土属性魔法を使うと聞いてはいたが……」

ホルトも土属性魔法をバカにしていた者の一人だった。彼の中でも、魔法とは戦闘に使用するものという固定観念があったのだ。

街の整地をあっという間に終えたのにも驚いたが、城壁や側防塔まで瞬く間に造り上げてしまったのにも驚かせられた。あんな建築法を見てしまうと、これまでエルフは何をしていたのかとさえ思ってしまう。そもそもエルフは長寿故、工事を急ぐ事そのものがなかった。

「野戦陣地の構築には、大変有効なのではないか」

野戦陣地を素早く造り上げるのは、卑小な事ではない。あっという間に高い城壁を築く事の戦術的意味はとてつもなく大きい。

だが、タクミの土属性魔法の巧みさと、錬金術を組み合わせた建築方法、エルフで同じ事が出来る者はいないだろう。

更に驚くべき事に、彼はエルフ以上の魔力量を有している。流石、あの戦争の英雄シルフィード家のソフィア嬢が付き従うほどの人間なのだ。

王都に戻ったら、建築に土属性魔法を使用する研究をした方がいいかもしれない、ホルトは本気でそう思った。

エルフには土属性に適性がある者は少ない。だが、それでも考えるべきだろう。

18　ちょっとしたトラブル

ノルマの作業を終えたので、僕、タクミがユグル王国側の担当者に挨拶しに行こうとした時、それは起こった。

ユグル王国から派遣された騎士の中には、五十年以上前のトリアリア王国との戦争に従軍した者もいる。

その騎士がソフィアに噛みついたのだ。

「おい、シルフィード。貴様、ユグル王国の騎士でありながら、人族のもとに嫁《とつ》いだらしいな。エルフの恥晒しが！　よくも我らの前に顔を出せたものだ！」

「よせ！　誰か、コイツを連れていけ！」

慌てた周りの騎士達が止めにかかる。

だが、そいつは収まらない。

「放せ！　お前達は思わないのか！　あの女はトリアリアの捕虜になったんだぞ！」

「黙れ！　ソフィアさんは多くの仲間の騎士を守って捕虜になったんだ！　それも身内に裏切られ、まともに魔法も使えないのに！」

当時の事情を知っている騎士が、暴言を吐いた騎士を取り押さえる。

あのバカな犯罪奴隷の事があったあとだから、僕の怒りの沸点は低くなっていたんだと思う。僕は我慢出来なくなって一歩前に出ようとした。

その僕の両腕に、柔らかな何かが巻きつく。

「!?」

「……ダメです、タクミ様。ソフィアさんが我慢してるのですから」

マーニだ。

続いてソフィアが言う。

「タクミ様、私の事なら大丈夫です。それにあんなバカでも爵位を持つ貴族です。ここは我慢してください」

「……クッ、わかったよ」

ユグル王国の騎士団に属する騎士全員が爵位を持つわけではないが、その割合は低くないという。

ソフィアによれば、暴言を吐いた男は、ソフィアが騎士団に在籍していた頃からソリが合わなかった団員なのだそうだ。

うるさく喚く男は、同僚の騎士達に連れられていった。

その後しばらくして、騎士団の隊長が謝ってくる。

「申し訳ない、イルマ殿。非は全面的にこちらにある。そのうえでお願いする。どうか、私の謝罪で水に流してはもらえないか」

騎士団の隊長クラスのエルフが平民の人族に頭を下げるのは、選民思想の強いエルフとしては最大限の謝意だ。

怒りはどこかへ飛んでいき、僕は慌てて言う。

「頭を上げてください。ユグル王国とバーキラ王国が揉める原因にしたくありませんし、もうあの方に会う事はないでしょうから、あなたの謝罪を受け入れます」

はぁ……こんなふうにすぐに許しちゃうところが、元サラリーマンの小市民だった名残なんだろうね。

◇

あのあと、僕はホルトさんに簡単に挨拶を済ませ、ボルトンの屋敷に戻った。

「「お帰りなさいませ、旦那様」」

「ただいま、セバスチャン、メリーベル」

地下の転移ゲートが設置された部屋から一階に上がった僕達を、セバスチャンとメリーベルが出迎えてくれた。

セバスチャンが尋ねてくる。

「工事の方は終わったのですか？」

「ああ、僕の受け持った分は終わったよ。それで何かあった？」

「ポートフォート卿から書簡が届いていたのと、聖域の屋敷のジーヴルから、ミーミル王女が一度お会いしたいと」

「へっ⁉」

ミーミル王女が会いたいというのは、たぶん今日のユグル王国の騎士と揉めた件だよね。早くない？　トラブルは今日だよ。

するとソフィアが、何故ミーミル王女がいち早く騎士とのトラブルを知り得たのか、その理由を教えてくれる。

「タクミ様、大精霊様のどなたかがミーミル様に教えたのだと思います」

「ああ、そうか。大精霊達には筒抜けだよな。でも、わざわざミーミル様に報せなくてもいいのに」

一応、あの隊長の謝罪で手打ちにしたんだ。一度水に流したのを蒸し返す事はしたくないな。

「きっと精霊達が怒ったんだと思います。特にシルフィード家は風の精霊と繋がりが強いですから」

「……シルフに自重するように言わないとダメだな」

精霊は自由で多様な存在だ。それは大精霊も変わらない。彼らは気ままで一つの考えに囚われない。だけど一つだけ共通点があって、それは精霊も大精霊達も、女神ノルン様が下界に遣わした存在だという事。

だから、自分達と関係の深いソフィアが理不尽に辱《はずかし》められるのを、黙って見過ごせるはずがなかったのだ。

それでなくても、現在のユグル王国では、精霊の声を聞けなくなった者が増え、国でも問題になっている。

僕は溜息交じりに呟く。

「これ以上シルフを怒らせるとヤバいよな」

「はい、ユグル王国が風の加護を失いかねません」

だよな、ならこうしてる場合じゃないか。

「うん、聖域の屋敷に行ってくるよ」

「『いってらっしゃいませ』」

事は急を要すると思い、僕達はセバスチャンとメリーベル達に見送られ、シルフを宥めるため聖域の屋敷へ飛ぶのだった。

◇

ソフィアとマーニを連れて聖域に転移する。

地下の転移ゲートを設置した部屋から上がると、家宰のジーヴルとマーベル達メイドの出迎えを受ける。

「お帰りなさいませ、旦那様」

「ああ、いつもありがとう。ミーミル様は？」

「たぶん、旦那様をお待ちだと思います」

「わかった。訪ねてみるよ」

早速お隣の屋敷に向かう。

すると、すぐに中へ通された。

「あ、来た来た。ヤッホー！」

「ご苦労様ね」

「わざわざお呼びして申し訳ございません」

膝が抜けそうになるほど軽い感じで出迎えてくれたのは、お菓子を手にお茶を飲むシルフと、ウィンディーネ。

そして隅の方には、申し訳なさそうな表情のミーミル王女がいた。

「ミーミル様、ユグル王国の騎士の事ならお気になさらずに。ソフィアももう気にしていませんから……」

ちゃんと言っておかないと、シルフあたりが苛烈な罰を下しそうなので、ミーミル王女が謝る前に先手を取っておこうと思って言ったのだけど。

ミーミル王女が語気を強めて言う。

「そういうわけにはいきません。騎士団の面々も目撃しているようですし、何より風の精霊達がわざわざ教えてくれました。精霊があの者に対して悪感情を持ったという事は、ユグル王国においては、とても重大な事なのです」

「そうね～。あの子、もう精霊魔法を使えないでしょうしね。精霊の声が聞こえない事に気がついているのかしら」

「精霊魔法が使えないって、それ大丈夫なのか、シルフ」

ミーミル王女に続いて、シルフが恐ろしい事をサラッと言った。エルフが精霊魔法を使えないって、大事《おおごと》じゃないのか？

ソフィアと初めて会った時、ソフィアは呪《のろ》いによって魔法が使えない状態だった。それは、エルフとしてのプライドを傷つけ、自暴自棄《じぼうじき》になるに十分な理由だと思う。

するとシルフがさらりと言う。

「タクミったら、今更何言ってるのよ。精霊の加護を失ったエルフは今までもいたわよ」

「お恥ずかしい話ですが、シルフ様やウィンディーネ様の怒りを買って加護を失う者は増えました」

ミーミル王女によると、今のユグル王国には、大精霊の怒りを買って精霊魔法が使えなくなったエルフが増えているらしい。

「ほら、あのオークみたいなエルフはその代表格よ」

「「「ああ……」」」

確かにソフィアを執拗に狙うホーディア伯爵が、シルフやウィンディーネ達から嫌われて加護を失っても不思議じゃないな。

「それにあの闇ギルドのボスもそうよ」

「そういえば、月影の梟のボスもエルフだったね」

「まあ、あの男は私達が顕現する前から、精霊達から見放されていたけどね」

シルフの話では、加護を取り上げる事は滅多にないらしい。だから、エルフにとって精霊の加護を失うという事はよほどの事なのだとか。

「聖域に無理やり侵入しようと結界を攻撃しているバカどもも、そのよほどの中に入るわ」

「ああ、いたね。あれって、今でも諦めてないのか？」

「タクミはいつも聖域にいるわけじゃないから知らないかもしれないけど、未だに定期的に来るわよ」

「はぁ〜、暇な奴ら」

そんな奴らのほとんどが、ホーディア伯爵の手の者らしい。

中には、他国の貴族から依頼を受けた闇ギルドの構成員や、トリアリア王国の特殊部隊もいるそうだ。

シルフがプリプリしながら言う。

「まあ、今回はこれくらいで勘弁してあげるわ。ソフィアの頼みだものね」

「ありがとうございます、シルフ様」

ソフィアがシルフに礼を言うと、ミーミル王女が告げる。

「私の方からお父様を通して、それとなく注意しておきますね」

「それって大丈夫なんですか？」

国王様から注意してもらうような事になったら、それこそ大事《おおごと》になるんじゃないのか。そう思って心配していると、ミーミル王女は毅然《きぜん》として言う。

「この際、ソフィアさんに対する認識を変えていただかなければならないのです。この調子では、精霊の加護を失うエルフがもっと増えます」

どうやらミーミル王女は、これを機にソフィアの地位を回復させようとしているようだ。

戦争で捕虜となり奴隷として売られたものの、多くの仲間を救った英雄。そんなソフィアを侮辱する事は許さないと、鼻息を荒くして言ってくれた。

「ミーミル様……」

いつもは凛としているソフィアが感激して涙を見せる。

とりあえず今回のトラブルはこれでお終い……とはいかないんだろうなあ。

19　脈動するカケラ

ここは、かつてシドニア神皇国と呼ばれていた国の辺境にある小さな町。

国の崩壊とともに人口は流出し、今や町全体が廃墟のようになっている。

その町の一画にあるうらぶれた教会で、ゆっくりと、だが着実に、ソレは育っていた。

信者も足を運ばなくなった教会に、顔を隠すフード付きの黒い外套を纏った元神光教の神官数人が集っている。

彼らは、事が順調に進んでいるのを見て、ニタニタと不気味な笑みを浮かべていた。

そして突如として――

「ヒィヤァァァァーー‼」

「ダズゲデェエエエーー‼」

「ギィヤァァァァーー‼」

断末魔の悲鳴が響き渡った。

神官達はそれを聞きつつ、近くの者にだけ聞こえるように、声を潜めて話し合う。

「……犯罪奴隷なら安く済む」

「……ああ、わざわざスラムに赴き、野垂《のた》れ死《じ》にそうな奴らを無理やり連れてくるよりかは、はるかに楽だな」

彼らの前には、脈動する物体がある。

そこから瘴気の触手が伸びて犯罪奴隷達を搦《から》め捕《と》り――そして数秒後には人の残骸《ざんがい》がその場に残った。

周りには、同じようにして出来たのであろう、朽《く》ちた死体が積み重なっている。

それら死体は、元神官達が女神のカケラへの供物《くもつ》として購入した犯罪奴隷達だ。

当初、色々な街のスラムで、行方不明になったとしても騒がれない人間を攫《さら》って供物としていたが――これが大変な労力だった。

まず、元神官達にはたいした労働力や戦闘力はない。魔大陸からともに逃げてきた中には護衛の兵士もいたが、その数は少ない。少ない実動部隊を動かして人間を攫うより、重犯罪で捕まった犯罪奴隷を買った方が効率が良い。

わざわざ人を攫うリスクを冒さなくても、タダ同然で手に入る犯罪奴隷。これを利用しない手はなかった。

犯罪奴隷は、犯した罪が凶悪であればあるほど安価になる。奴隷契約で主人に逆らえないとはいえ、望んで凶悪な犯罪者を身近に置こうと思わないからだ。

こうした犯罪奴隷は、通常、国や領地持ち貴族が買い上げ、劣悪な環境かつ死と隣り合わせの鉱山へ送られるのが常である。それは緩やかな死刑と言われ、謂《い》わば使い捨ての道具扱いだった。

だが犯罪奴隷にとって、それ以上の地獄がここにはあった。

「女神様の復活まで目立つ事は極力避けたい我らには、安く手に入るこの犯罪奴隷ほどありがたい供物はないな」

「ああ、焦る事はない。時間はたっぷりあるのだ」

元神官達は、変貌するカケラを異常だとは思わない。

既に彼らは正常な判断が出来ないのだ。

祭壇に設置され、与えられた供物を吸収するカケラ。その見た目は、元神官達がソレを手に入れた当初の、黒紫色の欠けたガラスのような外見から、大きく変貌を遂げていた。

人間の肉を纏ったバスケットボール大の球体が、祭壇に鎮座《ちんざ》している。

筋肉も血管もなく、当然内臓もない肉の塊り。それが瘴気を溜め込みながら、心臓が脈動するように動いていた。

元神官達が望む女神……かつての邪精霊の復活は望めないだろう。

ただ、その邪精霊を狂信する者達により、この世に魔物よりも邪《よこしま》な物が生みだされようとしていた。

供物とされた者達の怨念《おんねん》と瘴気が混ざり合い、弱々しいが、しかし着実に脈動する怪物の卵が誕生したのだ。

20　故郷の花

聖域にある僕の屋敷は、精霊の泉や精霊樹を望む一等地に建てられている。敷地は広く、庭には芝生が敷き詰められ、決して枯れない色とりどりの花が咲く。

そんな庭の一画に、一本の巨木がある。

樹高はそれほどでもないけれど、その木は広く枝を広げている。横に張った太い枝には、一枚の葉も付いていない。

その代わりに……

「蕾《つぼみ》が膨らんできたね」

「お姉ちゃん頑張ったわ～」

「ありがとう、ドリュアス。難しい仕事をお願いしたね」

「いいのよ。私も楽しかったから」

その木を、僕とソフィアは、植物を司る大精霊のドリュアスと一緒に感慨深げに眺めていた。

樹齢百年は余裕でありそうな巨木だが、実は五年も経っていない。そこは流石ファンタジー、ドリュアスを中心に精霊達が頑張ってくれたのだ。

そう、枝一面にピンク色の蕾を付けているこの木は――桜《さくら》だ。

この世界にも、桜は存在しているが、日本のソメイヨシノのような、僕にとって見慣れた物じゃなく、山桜《やまざくら》や八重桜《やえざくら》のような品種だった。

そこで僕はドリュアスに、日本のソメイヨシノに似た品種を作れないかと聞いてみた。

何故ソメイヨシノではなく似た品種なのかというと、ソメイヨシノは木の寿命が短く病害虫にも弱い。精霊達のおかげで、聖域の中なら病害虫の心配はないが、樹齢の問題は解決しておきたかったのだ。

僕が寿命でいなくなったあとも、ずっと咲き続けてほしいからね。

そんな僕の要望により出来たのが、この桜である。

寿命は数千年を超え、病害虫にも強く、それでいて花の姿や咲かせ方はソメイヨシノに似ている。

聖域の気候でも問題なく成長し、美しい花を咲かせるという。

うん、花が咲くのが楽しみだ。

「こうなると、枝垂れ桜《しだれざくら》も欲しくなるね」

「そうね～、お姉ちゃん頑張ってみるわ～」

僕は、枝垂れ桜も好きなんだよな。

ちなみに桜とはちょっと違うが、果樹園の方ではサクランボの木を数年前から栽培していて、ボルトンや王都で高額取引される人気の交易品だったりする。

しかしそうだな、これだけ立派な桜の木を目にしてしまうと、日本人としてはアレがしたくなるな。

「満開の桜の下で花見《はなみ》か……いいな」

「花見って、お花を見てどうするの？」

「花見って何ですか？　私は時々お庭の花を楽しんでいますが？」

「ああ、それは……」

僕の言う「花見」がわかっていないドリュアスとソフィアに説明しようとしていると、アカネが凄い勢いで飛んできた。

「お花見！　お花見をするの？」

「……っと、ちょっと待って、アカネ」

僕はテンションの高いアカネに驚きつつ、質問を向ける。

「何だ、アカネ。そんなにお花見が好きだったのか？」

「お花見の好き嫌いじゃなくて、桜の花が嫌いな日本人はいないでしょ！　っていうか、これ桜だったのね。教えておいてよ、タクミ！」

「どうどう、ちょっと落ち着いて。えっと、お花見っていうのは、一般的には桜の花を見ながら、お酒や料理を楽しむ春の行事かな」

興奮するアカネをあやしながら、僕はソフィアとドリュアスに花見について解説する。

ドリュアスが笑みを浮かべて言う。

「へぇ～、楽しそうね。だったら今すぐパッと咲かせて、お花見しちゃう？」

「いや、ここまで蕾が膨らんでいるんだから、無理に咲かせる必要はないんじゃないかな」

「え～！　それじゃあすぐにお花見出来ないじゃない～」

確かにドリュアスなら、一気に桜の花を満開に出来るだろう。

でも、そういうのはちょっと違う気がするんだよな。数年で桜を巨木にしてもらっておいて、今更だと思うけど。

「それに急すぎると、料理の準備もしてないから適当な感じになっちゃうし、お酒も色々準備したいだろう？」

「それは大変ね！　お姉ちゃん、ノームに頼んでお酒の確保をお願いしてくるわね」

「あ、ドリュアス……って、行っちゃったよ」

早速ノームのもとに飛んでいってしまったドリュアスに呆れていると、ソフィアが笑みを浮かべて言う。

「ふふっ。では、みんなでお花見の準備をしましょうか」

「そうね。私とソフィアはドリンク類の確保をするわ。その間に料理の方は、マリアとマーニに頼まないと」

「そこは人任せなんだね」

アカネにそう言ってみたら、即座に言い返される。

「タクミ、ソフィアと私の料理を食べたいの？」

「……ごめんなさい」

そういえば、二人の料理の腕は酷かったんだった。

「わかればいいのよ。ソフィア、行くわよ。ボルトンの屋敷にいるセバスチャンやメリーベル達にも伝えないと」

アカネはそう言うと、ソフィアを連れてその場を去っていった。

急に、庭に一人取り残される事になった僕。あまりにもみんなせっかちなのでちょっと呆れてしまったけど、どれくらいの規模の花見にすべきか考える事にした。

聖域とボルトンの屋敷で働く者は全員参加として、ミーミル王女も聖域に滞在中なら誘おうか。

あとは、聖域に住む住人の中でも古株《ふるかぶ》の数人と、ボード村から移住したバンガさんとマーサさんくらいかな。

ドガンボさんやゴランさんはわざわざ誘わなくても、お酒があればいつの間にか参加しているだろう。

◇

「お花見？」

「うん、たまには全員参加で楽しんでもいいかなって思って。一日くらいボルトンの屋敷を留守にしても大丈夫だから」

「ふむ、まあ一日くらいなら大丈夫でしょう。以前はゴーレムだけのようでしたから」

お花見をする事が決まって、僕はボルトンの屋敷に飛んで、メリーベルとセバスチャンに話した。なお、セバスチャン達に報せに行ったはずのアカネは「お花見をするわよ！」とだけ言ってそのまま街へ出ていったそうだ。

何しに来たんだよ。

「それにしても、お花見とは何ですか？　メリーベルは知ってますか？」

「いえ、お部屋に飾るお花は花屋さんで買うものですが、それではないのですよね」

どうやらこの世界では、お花見と言っただけでは通用しないみたいだ。

貴族や豪商の屋敷の庭には、綺麗な庭園があるのも少なくない。色とりどりの花で飾られた庭園は、その屋敷の住人や招かれた客の目を楽しませるのだろう。ガーデンパーティなんかもあるようだし、お庭で花を愛《め》でながらお茶を飲むなんて貴族っぽい。

でも、それはお花見とは少し違うんだよな。

「……街の外は危険だもんな」

貴族なら庭に咲く花を楽しむだろうし、見栄で華やかな庭園を自慢する事もあるだろう。けれどこの世界は、街から一歩外に出れば魔物の危険がある。日本みたいにみんなが楽しめるお花見っていうのを理解してもらうのは難しいか。

そこで僕の故郷の風習だとごまかして、季節の花を楽しむ催しだと説明した。聖域の家の庭でだから、ガーデンパーティと言えなくもないしね。

すると、メリーベルとセバスチャンは目を輝かせる。

「お花を見つつお酒やお料理を楽しむのですか。旦那様の故郷は安全な土地だったのですね」

「花を愛《め》でながら聖域産のワインをいただけるのですな」

続いてマーベル達にも説明すると、彼女達も興奮気味だった。

「聖域のお屋敷にあった大きな木が花を咲かせるのですね！」

「でも、葉っぱが一枚もありませんでしたよ」

「蕾がたくさんあっただろ。葉っぱは花が散ってからなんだ」

聖域とボルトンを行き来しているマーベルは、聖域の屋敷の庭に桜の木があるのを知っていた。

まあ、あんなに大きな木だからな。メイドの中でも一番若いティファは、桜の木に葉っぱがない事を不思議がっていたので、簡単に説明してあげた。

「緑あふれる聖域の中で、葉も花もない木は目立ちますから」

メリーベルが言うように、聖域の中では木が立ち枯れていたり、雑草が無秩序に生い茂っていたりする場所はない。

自然の摂理《せつり》に外れているのかもしれないけど、実はそうじゃない。

聖域は様々な精霊が棲んでいる。

春があり、夏があり、秋があり、冬がある。聖域には四季があり、それを目安に住人達は農作業をして作物を育てている。

これが聖域の姿である一方で、四季が入り乱れた花や木が生育しているのもまた、聖域の一つの姿だ。

わかりやすい例が、ブドウなどの果樹。

聖域のブドウは一年に三度収穫出来る。これは植物の大精霊ドリュアスを筆頭に、眷属の精霊達がブドウの成長を促し、土の大精霊ノームとその眷属の精霊が土の状態を常に最適に管理しているから出来る事だ。

何故、ブドウの成長を促進してまで収穫を増やすのか。それは、大精霊達がワインを飲みたいから。そんなくだらない理由だったりする。

「まあ、桜の木の事は置いといて。お花見に必要なお酒類は聖域で調達するとして、みんなには料理の手伝いを頼みたいんだ」

「テーブルや椅子はどうされますか？」

「そうだな。みんなにはテーブルと椅子の方がいいか。うん、それは僕が用意するよ」

メリーベルにテーブル類が必要か聞かれた。日本じゃブルーシートやレジャーシートを敷いていたけど、この世界の人にはテーブルと椅子があった方がいいかな。

「それで旦那様、いつお花見をされるので？」

「ああ！　それを言ってなかったね。たぶん、もう開花しそうだから満開になるのは三日後ってドリュアスが言ってたよ。だからその予定で、スケジュールを調整して空けておくようにね」

「かしこまりました」

セバスチャンにお花見をする日を告げる。

ドリュアスが作った桜は、開花の速度は速いが、満開になってから花を楽しめる期間が少しだけ長くなっている。最初桜の木をドリュアスに頼んだ時、満開の花をずっと咲かせ続けるようにしようかとも言われたけど、それはやめてもらった。

桜は儚《はかな》く散る様子も美しくていいからね。

セバスチャンとメリーベルに、必要な食材の買いだしをお願いし、お花見の前日から聖域の屋敷へ全員来てもらうよう通達しておいた。

こうしてセバスチャン達にお花見の事を報せた僕は、もう一つの準備をするために聖域の屋敷に戻った。

21　みんなで料理を作る

お花見の前日。

セバスチャンには、ボルトンでの食材の調達を任せている。もちろん彼には僕が作ったマジックバッグを渡してある。アイテムボックスと違って収納出来る容量に限りはあるけど、それでも倉庫一つ分は収納出来るのだ。

僕のアイテムボックスの中には、竜種の肉が大量にストックしてある。他の肉も食べきれなくて収納しっぱなしの物が大量にあるので、それらはメリーベルに適量渡しておいた。

調理は、マリアとマーニがメインとなって進めている。そのサポートに入っているのが、メリーベルやマーベル達メイド組。みんなで手分けして、時間のかかる料理の下ごしらえをしているようだね。

ジーヴルは、ドリュアスのお供でノームのところへお酒類の確保に行っていた。

さて、僕はテーブルや椅子のセッティングでもするか。

◆

聖域にある酒造蔵の一つ、その中で大精霊同士の駆け引きが行われていた。

聖域が出来た当初、比較的早くに始められた酒造は、現在もなお拡大し続けている。酒造蔵は大きな物が何棟も建設され、聖域産のブドウから造られた白ワイン、赤ワイン、発泡ワインのワイン類だけじゃなく、大麦から造られたビールやウイスキー、お米を使った日本酒まで保管されているのだ。

バーキラ王国やロマリア王国、ユグル王国に売ってはいるが、三ヶ国に卸す量は少ないので、末端ではもの凄い高額で取引されている。

本当ならもう少し交易に出せる量はあるはずなのだが、それを聖域の住民と、何より大精霊達が許さない。

「ねぇ、この発泡ワインをもう一ダースちょうだいよ」

「い、いや、ドリュアス様、赤ワインが三樽、白ワインも三樽持っていくのですから、発泡ワインは一ダースで勘弁してください」

「そうじゃ、ドリュアス。他にもエールやウイスキー、日本酒まで持っていくくせに。今回はこれで我慢しろ。お前が確保しようとしている赤ワインは、タクミが魔法で熟成させた一級品の樽じゃないか」

蔵の中には、一樽でも多くお酒を確保しようとしているドリュアスと、それを阻止したいドワーフのドガンボと土の大精霊ノームがいた。

「なら、ノームとドガンボはお花見には不参加なのね」

「ちょっ！　ちょっと待ってくだせぇ！」

「それとこれとは別の話ではないか！」

ジーヴルがハラハラして見ている中、ドリュアスはお花見への参加を交渉の切り札にした。ドリュアスは更に攻める。

「そう？　なら、お花見には参加してもいいけど、お酒は飲まさないわ。果実水でも飲んでなさい」

「待て、ドリュアス！　それはあまりにも酷い仕打ちじゃぞ！」

「そうです、ドリュアス様！　儂らドワーフに酒宴の席で飲ませてくれぬとは……」

「なら来なきゃいいじゃない」

「「ウグッ！」」

ドリュアスの手のひらで転がされているノームとドガンボ。

ノームやサラマンダーはもとより、それら大精霊の加護を強く受けるドワーフは、宴《うたげ》というものが大好きだ。

しかも今回は、聖域で初めて催されるお花見。好奇心旺盛で新しいものが好きなノーム、ドワーフのドガンボにとって、宴への参加は最高の手札だった。

「わかった、わかった。お主の好きなだけ持っていくがいい。その代わり、儂らも参加するぞ」

「宴の席で、タクミに酒造所の新設を頼もう。ドリュアス様だけじゃなく、最近シルフ様やウィンディーネ様達も酒の消費量が増えとるからのう」

「ふふふっ、じゃあ好きなの持っていくわね。ジーヴル、ついて来なさい」

「は、はい、ただいま！」

ご機嫌のドリュアスのあとを慌てて追うジーヴルと、ふてくされるノームとドガンボ。

精霊の世界でも女は強かった。

◇

「タクミ様、肉の熟成をお願いします」

「了解」

「タクミ様、前菜の白身魚のカルパッチョが完成したので収納をお願いします」

「了解」

マリアが僕に肉の熟成を頼むので、僕はタンパク質をアミノ酸へと錬金術で変化させる。

マーニには完成した料理の収納を頼まれた。僕のアイテムボックスなら、収納した状態が維持されるので、いつまで経っても出来立てだ。

「旦那様、腸詰《ちょうづ》めのボイルが出来ました」

「ありがとう。それは明日バーベキューで焼くから収納しておくね」

「旦那様、サラダのドレッシングはどうしましょう?」

「それも完成したら収納しておくよ。アイテムボックスの中なら、油も分離しないし酸化もしないからね」

料理を手伝うメイド達に指示を出しながら、僕は竜肉を一口大にカットした物に下味を付けていた。みんな大好き、唐揚げの下ごしらえだ。

低温の油と高温の油で二度揚げして、外はカラッと中はジュワッとジューシーに仕上げ、それをアイテムボックスに入れておけば、いつでも揚げ立てが食べられる。

「タクミ様、カエデちゃんの好きなフライドポテトもお願いします」

「うん、フライドポテトは人気だから多めに揚げておくよ」

この世界では油が高価な事もあり、揚げ物は一般的ではない。

だけど聖域では、オリーブオイルやひまわりオイル、グレープシード油、それに豚系の魔物から採れるラードなど、様々な食用油が安価で手に入れられるので、一時期、揚げ物料理が流行した。特にお酒のアテとしてドワーフには人気メニューだ。

料理の準備が一段落したところで、あとはマリアやマーニとメイド達に任せる。

僕はライトアップ用の照明の魔導具を造るため、工房へ向かう。きっとお花見の宴は、夜通し行われるだろうからね。

22　聖域のお花見

スッキリと晴れ渡った次の朝、屋敷の庭で桜が満開の花を咲かせていた。

日本人の僕の感覚では、満開になるのが早すぎる気がしないわけでもない。ドリュアスは、この桜の花は寿命が長いので長く楽しめると胸を張っていたから、これが異世界クオリティーなんだと思おう。

しかもドリュアスによると、この桜の巨木に桜の精霊が誕生したらしい。実質数年の樹齢で精霊が誕生した事に、植物を司る大精霊のドリュアスも驚いていた。

そのせいか、庭に咲く桜の花は日本で見てきた桜よりずっと綺麗に感じた。気のせいかもしれないけど、これ桜なのか？　確かに木の感じも花の形も桜だけど……

僕の目の前の桜の花は、確かにピンクがメインだけど、色んな色が絶妙なバランスで混じり合い、この世のモノとは思えない美しさがあった。

この世界でこんな美しい花を咲かせる木は他にはないんじゃないかと思うくらい、幻想的な光景だった。

「ホォワァ～、マスター、凄い綺麗なの～」

「……う、うん、とても綺麗だね」

アラクネのカエデの感性でも桜の美しさはわかるみたいだ。口を開けて満開の桜に見惚《みと》れている。

日本の桜とは少し違うけど、これはこれでありだね。郷愁を感じさせる部分も残しつつ、万人が美しいと思える桜になったと言えるだろう。

ドリュアスも自信作なのか満足げだし「サプライズ成功！」みたいな顔をしているのが少し気になるけど、みんなが喜んでいるので良かったのかな？

みんなが桜に見惚れている間に、メリーベル達メイドがテーブルに料理を並べていく。

僕もアイテムボックスの中に収納してあった料理をどんどんテーブルに並べていった。今回は、自分で好きな料理を取れるビュッフェ形式にした。ゆっくりと食事出来るように、テーブルと椅子もセッティングしてある。

お酒をゆっくり楽しめるようにソファーもいくつか置いておく。ドワーフ達は大丈夫だろうけど、これなら酔い潰れた人が横になれるしね。

ドガンボさんとゴランさんが、ジーヴルが指定する位置に、様々なお酒の樽やボトルを置いていく。

　その頃になると、聖域が出来て最初に住人となったケットシーのマッポ一家（マッポ・ポポロ・ミリ・ララ）、猫人族の兄妹ワッパとサラ、人族の孤児姉妹コレットとシロナ、果樹園の責任者を任せているエルフのメルティーとその娘メラニーとマロリー達も姿を見せて、賑やかになってくる。

「お姉ちゃん、凄く綺麗ニャ」

「ホントだニャ」

「うわぁー！　凄《すげ》えー！」

「お兄ちゃん、恥ずかしいから落ち着いて！」

　ケットシー姉妹と猫人族兄妹が、満開の桜を見て興奮している。

「……綺麗」

「うん、綺麗だね」

　コレットとシロナも楽しんでいるみたいだ。

　エルフの親子に至っては、桜の精霊が見えているからか、感動で言葉もない様子だ。

「うおー！　凄《すげ》えじゃねぇか、タクミ！」

「あんた、うるさいよ！　落ち着きな！」

　ボード村から聖域に移住してきたバンガさんとマーサさんもやって来た。バンガさんとマーサさんも、聖域の生活を楽しんでいるみたいで本当に良かった。

「そろそろ始まりそうね」

「まずはお酒じゃない？」

「最初は発泡ワインでしょ」

「うわぁ、豪華な料理がいっぱいね」

「……ハンバーグと唐揚げが至高」

「「……」」

そこに、ドリュアスを先頭に、シルフ、ウィンディーネ、セレネー、ニュクス達大精霊の女子組が現れた。

そのあとに、ふてくされたノームとサラマンダーが続く。

何があったんだろう？

◇

そして、そろそろ宴が始まるという頃。隣の屋敷からミーミル王女と、何と王妃様が侍女を連れて現れた。

「お招きいただき、ありがとうございます」

「ミーミル様、王妃様、今日は楽しんでください」

「イルマ殿、美しい花を咲かせる木ですね。ぜひ我が城にも欲しいです」

乾杯の音頭《おんど》や挨拶もなく、お花見の宴は静かに始まった。

僕はグラスを手に、ソフィアやマリア、マーニが取り分けてくれた料理を楽しむ。

セバスチャンやメリーベル達も交代で料理やお酒を楽しんでいる。

最初、セバスチャンやメリーベルは、使用人が僕達と一緒にお酒を飲んだり料理を食べたりは出来ないと固辞したのだけど、命令して折れてもらった。雇用主と使用人のケジメも大事だと思うけど、聖域では宴はみんなで楽しむものだからね。


宴は僕の想像を超えていく。

午前中から始まったこの世界初のお花見は、日が暮れ満開の桜がライトアップされる頃になっても終わらない。

疲れて部屋で休む者も、お腹がいっぱいになって眠る子供達も、気がついたらまた復活して宴を楽しんでいる。

「これって、いつ終わるの？」

「諦めるんじゃ、タクミ」

思わず呟いた僕の独り言を聞いていたノームが、僕の肩に手を置き首を横に振る。

「あれを見てみろ」

「うへっ⁉」

ノームが指差す先には、驚きの光景が広がっていた。

僕の屋敷の外側に、聖域の住民が料理やお酒を持ち寄り、それぞれお花見を楽しんでいる。

「い、いつの間に……」

「タクミが色々と造っとるおかげで聖域はまだマシじゃが、この世界には娯楽が少ないからの。収穫祭以外で皆で騒げる宴など貴重なのじゃ」

「公園に桜の木を植えた方がいいのかな」

「そうじゃな。桜の花を愛《め》で宴を開く風習が根づきそうじゃの」

聖域は豊かなので飢える事はない。生活に余裕が出来たからこそ、余暇を楽しむのも必要なんだと思った。

色々とイベントを考えてみようかな。

◇

僕の希望で創られた桜を発端として、聖域で開かれた花見の宴は夜通し行われた。

次の日の朝、二日酔いでダウンする人がそこかしこに転がっているという惨状だった。

「……これは酷いね。死屍累々《ししるいるい》だ」

「はい。日々の娯楽が少ない中、この見事な満開の桜の下でのお花見ですから。ハメを外すのも仕方ないかと」

僕はソフィアと一緒に、屋敷の庭や庭の外で騒いでいた人達が酔い潰れて地べたで寝ているのを、僕自身も二日酔い気味な頭を押さえて、眺めていた。

聖域には色々な楽器があり、音楽を楽しむ音楽堂もある。だから他と比べるとマシだと思うが、それでも新しいお花見というイベントに、みんな浮かれに浮かれたんだと思う。

「まあ、楽しかったからね」

「そうですね。でも、こんなふうに静かにゆっくりと桜を見るのもいいですね」

桜の木の下、庭で丸テーブルに椅子を置いて、そこに座ってボンヤリとしていると、マリアとマーニがやって来た。

「はい、お茶を持ってきましたよー」

「お茶請けにクッキーを焼いてみました」

「ありがとう、マリア、マーニ」

僕は改めて桜を眺める。マリアも桜を見ながら言う。

「ふぅ～、本当に綺麗ですね、桜の花って」

「ああ、花が散る様《さま》もいいもんだよ」

「風に吹かれて花吹雪《はなふぶき》が舞うのも見てみたいです」

この桜の木は、ドリュアスと桜の精霊の意志次第で、成長をコントロール出来る。だから聖域の果樹園のように一年に何度も花を咲かせる事も可能だ。

だけど話し合った結果、一年に一度にしようと落ち着いたのだ。やっぱり桜の花はその方がありがたみがあるからね。

というか、一年に何度もあんなお花見をするなんてやりすぎだと思う。

ノームも指摘していたけど、お花見という目新しい宴が想像以上に盛り上がった要因の一つに、この世界には娯楽が少ないという事情がある。

僕はそれについて考えつつ、ポツリと呟くように、ソフィアに尋ねる。

「もう少し娯楽があった方がいいのかな？」

「……うーん、どうでしょうか」

現在、聖域でイベントといえば秋の収穫祭だけだ。当たり前だけど、この世界にはクリスマスもハロウィンもない。

マリア、ソフィア、マーニがそれぞれ話す。

「でも、どこの国でもお祭りといえば収穫祭くらいですよ。私は小さな頃から奴隷商で暮らしていましたから詳しくないですけど」

「ユグル王国でも収穫祭くらいですね」

「私が生まれ育った兎人族の集落は貧しかったので、収穫祭すらありませんでした」

バーキラ王国の王都以外の街や村では、一年に一度収穫祭が行われる。王都では建国祭が年に一度催されるという。建国祭は賑やかに行われているらしいが、僕はまだ一度も見た事はないな。

身近に魔物の脅威があり、生きるのに必死なこの世界では、お祭りで浮かれる余裕はないのが実情。やはり聖域が特別なのだ。

「この際、聖域以外の事は考えなくてもいいと思います。タクミ様は聖域に対して責任がありますが、それ以外はそれぞれの国や領主の仕事ですからね」

「そうですね。あと気にするべきは、天空島のベールクトちゃん達くらいじゃないですか？」

「それもそうか」

ソフィアとマリアに言われ、何でも自分がしないとなんて、思い上がりだと思い直す。

そして、思いつきを口にする。

「……そうだ、スポーツでも流行らせようか」

「スポーツって何ですか？」

「ああ、そこからか」

マリアの疑問ももっともだ。

街や村の外に盗賊や魔物がいるこの世界で、スポーツなんて生まれるわけない。この世界で身体を動かすといえば武術になる。

僕はマリア達に、色々な種類の身体を使った競技で、競い合う事をスポーツだと話した。例として、野球、サッカー、水泳、陸上競技などを挙げる。

「刃を潰した剣で闘う武闘会が、トリアリア王国の王都で行われていると聞いた事がありますが……」

「ルールに則《のっと》って行われる殺し合いじゃない闘いも、スポーツのうちだと思うよ」

ソフィアから武闘会みたいなものが存在すると教えてもらったが、トリアリア王国で行われているそれは、奴隷の剣闘士を使った殺し合いだそうだ。人対人だけでなく、人対魔物の組み合わせでも試合を組み、賭けで胴元の国が儲けているらしい。

そうなるともうスポーツじゃないな。

「その武闘会で得られる資金は、他国への侵略戦争の戦費の一部となっているそうです」

「流石トリアリア王国だね。想像通りの野蛮な国だ」

どちらにせよ、武闘会は聖域にはそぐわないね。

「聖域のみんなが参加出来る、運動会みたいなものでも面白そうだね」

「運動会とは何ですか？」

マーニが知らない単語が出てきたと首を傾げる。

「うん、足の速い人を決める競技、長いロープを使った綱引き、高く掲げた籠《かご》に玉を投げ込んで入れた数を競う玉入れとか、誰でも参加出来る競技で競い合うのなら面白いと思わない？」

「いいですね。子供達も楽しめると思います」

「運動会を開催するのは秋かな」

　僕がそう言うと、マリアが顎に手を当てて思案するように話す。

「秋には収穫祭もあります。夏ではダメですか？」

「う～ん、夏じゃ暑くて運動するのは大変だと思うよ。秋がベストかな」

　聖域の気候は、冬はそこまで厳しい寒さにならず、夏も日本の夏のようにムシムシしておらず湿度は高くないので過ごしやすい。でも、運動をするには気温が高いと思う。

　マリアがテンション高めに言う。

「じゃあじゃあ、夏と冬にも新しいイベントを考えればいいんですよ！」

「そうだね。聖域に限定してしまえば、住民のみんなは生きるのに必死ってわけじゃないし、そういうイベントがあった方が生活に張り合いがあっていいね」

　ふと地べたで酔い潰れて寝ているダメな大人達を見る。

　たまにならこれもいいかと、ソフィア達と新しいイベントをワイワイ話し合いながら、僕はお茶を楽しむのだった。

23　要請

お花見の宴のあと、ハラハラと散る桜の花を楽しんだ僕に、ボルトン辺境伯から書簡が届いた。

ジーヴルから手渡されると、嫌な予感がひしひしとする。

「……えっと、誰から」

「ボルトン辺境伯からですね」

続いて、地下室の転移ゲートが設置された部屋から、セバスチャンが上がってきた。セバスチャンが告げる。

「新たな書簡がボルトンのお屋敷に届きました。急ぎだといけませんので、こうしてお届けに参りました」

「……どこから？」

「ユグル王国からでございますね」

ユグル王国ならミーミル王女が隣にいるというのに。わざわざボルトンに届けたって事は、国元からか……

とりあえず、ボルトン辺境伯からの書簡を見てみる。

「えっと、なになに……ボルトンの城の庭園に桜の木が欲しい？　どうして桜の木の事を僕に言ってくるのだろう？　聖域の桜は他にはないだろうけど、桜の木って他にもあるよね」

「確かに山へ行けば見る事は出来るでしょう。ですが、持ち帰るのは難しいかと」

「それは山じゃないと育たないって事？」

「はい」

山桜を持ってくるのが難しいのはわかった。

でも疑問はもう一つある。

「どうしてボルトン辺境伯は、僕が桜の木を持っているのを知っているの？」

「どうやら聖域にワインを仕入れに来たパペック商会の者に、ここの住人が先日のお花見の宴を自慢したようで……」

「うわぁ〜、それは仕方ないかぁ。って、そうなるとユグル王国からの書簡って」

「おそらく同じかと……」

ミーミル王女から聞いたのか？　いや、ミーミル王女はまだ聖域にいたはず。

何故遠いユグル王にまで知られているのか考えていると、セバスチャンが「推測ですが……」と前置きしつつ指摘する。

「旦那様、精霊のネットワークではないでしょうか」

「それしかないよね。精霊を使った情報収集なんて反則だよ」

この世界のどこにでも存在する精霊。そのネットワークが使えれば、これ以上ない情報収集が出来る。それなら、聖域の管理者である僕にも出来るのかな……なんて考えていると、それは違うとソフィアが教えてくれる。

「タクミ様、精霊は気まぐれですから、欲しい情報を集めるなんて無理だと思います。今回の桜の花に関しては、新しい桜の精霊が生まれた事もあって、精霊達がはしゃいでいたのでしょう。おそらく誰彼なしに自慢して回った結果、たまたまユグル王まで話が届いたのだと思います」

「だよね。気まぐれで自由な精霊に、忖度《そんたく》を求めるなんて無理があるよな」

「はい。大精霊様達なら多少は自制してくれると思いますが……」

「……そうだよな」

普段、聖域で自由に振る舞うシルフやウィンディーネ達を思い出して溜息を吐く。

「……やっぱりボルトン辺境伯と同じ内容だな。なになに、王城の中庭に桜の木が欲しいだって」

「ユグル王国の王城には、人工的な庭園はありません。自然の森や泉が、美しいバランスで王城の建物と調和しています」

ユグル王国は、巨大な森の中に国がすっぽり入っているようなものだ。その森の中に点在するように穀倉地帯がある。そして、ユグドラシルと呼ばれる巨大な世界樹を中心に王都が広がり、王城も世界樹の麓《ふもと》に自然と調和したように建てられている。

「でも、これ、僕達がユグル王国に行かないとダメなのかな」

「どうでしょうか……ドリュアス様の協力があれば、わざわざ出向く必要はないでしょうが。出来れば、タクミ様をユグル王国の王都へ行かせたくありません」

「そうだよね。観光や交易ならまだマシだろうけど、ユグル王の要請で今までになかった新しい木を植えるなんて、エルフの矜持《きょうじ》を云々なんて言う人が出そうだ」

「王都に住むエルフは特にプライドの高いエルフが多いですから。王城でタクミ様に無遠慮な視線だけでなく、攻撃的な言葉をかけてくる者もいるでしょう」

そうなんだよな。バーキラ王国の王城に行くのは、単純に緊張するだけで済むけど、ユグル王国の王城ではそうはいかないものな。

ユグル王や王妃様、宰相のバルザ様あたりとは何度か会っていて、こちらを見下すような価値観を持たない人達だとわかっている。

だけど、ホーディア伯爵のような極端な例を除いても、他種族を見下す人も一定数いるのを知っている。更にその傾向は権力の中枢に近いほど強くなる事も。

僕が悩んでいると背後から声がする。

「タクミちゃん、心配しなくても大丈夫よ」

「あっ、ドリュアス」

「ユグル王国には、ミーミルちゃんに桜の小枝を渡せばいいのよ～。あとは精霊任せで大丈夫よ～」

「えっと、ミーミル様にお願いしてもいいのかな？」

「いいのよ～。だからタクミちゃんはボルトンをお願いね～」

ドリュアスの話では、ユグル王国の王城は世界樹が側にあるので、桜の小枝を枯れないように持っていき、好きな場所へ植えるだけでいいらしい。それだけで、あっという間に、そこそこの大きさの桜の木に育つようだ。

「わかった。じゃあドリュアスはミーミル様に桜の小枝を渡しておいてくれるかな。僕はボルトン辺境伯の城を担当するよ」

「お姉ちゃんに任せて～」

ドリュアスがユグル王国側の依頼を引き受けてくれたので、正直ホッとした。

その後、桜の精霊にお願いして、小枝を一本分けてもらう。

ボルトン辺境伯だけで済めばいいけどなぁ……

◇

セバスチャンにボルトン辺境伯の城へ行く日にちを打ち合わせてもらい、僕はソフィアを連れてボルトンへ転移した。

馬車でボルトンの城へ行くと、僕達を出迎えてくれたのは、家宰のセルヴスさんと騎士団長のドルンさんだった。

「久しいな、イルマ殿。訓練は続けておるか？」

「お久しぶりです、ドルンさん。最近はあまり時間が取れないですね」

まだ僕達が駆けだしの冒険者だった頃、冒険者ギルドボルトン支部のバラックさんと並び、僕達に訓練をしてくれたのが、ボルトン辺境伯家の騎士団長ドルンさんだ。最近でこそボルトンの城へ訓練に行く事はなくなったけど、以前はそれこそ毎日のように顔を合わせていた。

「イルマ殿、今日は旦那様は王都へ行っておりますので、私が案内いたします」

「それでは現場へ案内お願いします」

ボルトン辺境伯家の家宰のセルヴスさんとは、セバスチャンを通してやり取りしているので、こうして直接顔を合わせるのは久しぶりかもしれない。

セルヴスさんの案内で、城の中庭にある西洋風の庭園を抜け、地面に芝生が植えられた、ちょっとした広場に出る。

「ここでございます、イルマ殿。ここは以前、旦那様の指示で薬草栽培の実験を行っていた場所。ただ薬草の栽培は失敗いたしまして、その跡地に芝を植え放置していたのでございます」

「ああ、薬草の栽培は難しいですからね」

この世界で使用されるヒールポーションやマナポーションは、前世で僕が知る薬とはまったく違う。怪我があっという間に完治したり、魔力を回復したりと、その効能は幅広く、昔から薬草の栽培に取り組んでいるらしいが、成功した例はない。

聖域にはドリュアスのおかげで、薬草類を栽培する畑があるんだけどね。今も精霊や妖精が世話をしてくれている。

これは各国への影響が大きいので、当然トップシークレットだ。

「出来ればこの位置にお願い出来ますか。ここに植えられた桜の木を中心に、整備いたしますので」

「わかりました。ああ、セルヴスさん。一つ言い忘れていたんですけど、植えられた桜の木はある程度まで成長させますが、ドリュアスの力を借りるわけじゃないので、樹高は3メートルほどの若木になります。それ以上の成長をさせたいなら、辺境伯家の魔法使いやエルフの魔法使いに頼んでください。でも、自然に成長させる方がいいと思います」

「それは何故でしょうか?」

「聖域の桜の木は、聖域が清浄な魔力の濃い土地だという事もありますが、何よりドリュアスや他の精霊や妖精達がいるので木の状態はいつでも万全です。それに桜の木の精霊も生まれたので、よっぽどの事がない限り枯れる事はありません。ですが、聖域と環境が違うここでは、あまり無理をさせると枯れる心配があります」

「なるほど。では、旦那様にもそう伝えておきます」

聖域の環境は普通じゃないので、外の世界では聖域の常識は通用しないからね。

何せ、大精霊達がワインやエール、ウイスキーがたらふく飲みたいという理由で、聖域では一年に何度もブドウや麦の収穫が出来るようになっている。そんな無茶がまかり通る場所が聖域だからね。

「さて、準備に入りますね」

「お願いします」

僕は植樹する予定の場所に近づくと、アイテムボックスから肥料を取りだし、その場の土と土属性魔法で混ぜ合わせる。

本当は肥料が馴染む時間が必要なんだけど、ここで裏ワザを使って土の状態を万全のものにする。

アイテムボックスから水瓶《みずがめ》を取りだし、満遍なく湿らせる。

この水瓶の中に入っている水は、精霊の泉から汲《く》んできた水だ。何故かわからないけど、ウィンディーネ曰く、これで土の状態は良好になるらしい。

土の準備が整ったところに、聖域で創られた桜の木の枝を植え、精霊の泉から汲み上げた水をかける。

「タクミ様、精霊が集まってきています。魔力をお願いします」

「ん、了解」

ソフィアの指示に従って、周りに集まってきている精霊に大量の魔力を与えるイメージで垂れ流す。

すると土に突き刺してあった桜の枝が光に包まれ、根を張り、幹は上へ上へと伸びだし、直径20センチほどになった幹から枝が張りだし、びっしりと付いた蕾が膨らんでいく。

「ふぅ、こんなもんかな」

「そうですね。ドリュアス様なしではこれが限界でしょう」

予想よりも立派に成長した桜の若木を見て、僕とソフィアは満足げに笑い合う。

「セルヴスさん、完了しました」

「おお！　素晴らしい！　この歳にして奇跡を目にしました！」

「大袈裟ですよ。あ、あとの手入れの仕方はわかりますか？」

「お任せください。専属の庭師を雇います」

「そ、そう、ですか。は、ははっ、それなら安心ですね」

目の前で木が急激に成長するのを見たセルヴスさんは、思った以上に感動して、僕の手を取りブンブンと振っている。

これ、バーキラ王国で桜の木が流行るんじゃないかな？

◇

ボルトン辺境伯の城に桜の木を植えて数日が経ち、いつものように聖域の屋敷でみんなとまったりお茶していると、地下からセバスチャンが上がってきた。

また嫌な予感がする。

「旦那様、ロックフォード伯爵より書簡が届きました」

「……やっぱり」

ボルトン辺境伯の城に植えた桜の若木は、たくさんの蕾を付けていた。それこそ一日か二日で開花しそうな膨らんだ蕾が。

ボルトン辺境伯は王都から戻って見たのだろう、満開に咲き誇る桜の花を。

うん、見たんだろうね。

そして、自慢したんだろうね。うん、領地近くてお友達だもんね。

「おそらく内容は、ボルトン卿と同じかと思われます」

「だよねー」

セバスチャンに促されて書簡を開き、内容を確認する。

「うん、間違いないね。ボルトン辺境伯、ロックフォード伯爵に自慢したんだね。なる早で会いたいって書いてあるよ。普通、手紙のやり取りが先じゃないのかな?」

「ボルトン辺境伯に自慢されたのが悔しかったのでしょう。珍しいモノに飛びつくのは、貴族らしいと言えばらしいですな。ボルトン辺境伯もロックフォード伯爵も、貴族らしいところがあったのですな」

「はぁ～……」

確かに人の持っていない珍しいモノに飛びつくのは、とても貴族らしいと思う。僕のイメージする貴族ってそんな感じだ。

ただ、ボルトン辺境伯やロックフォード伯爵は、今まで貴族らしくない振る舞いだっただけにちょっと新鮮だ。

「これ、ボルトン辺境伯にだけズルいって書いてあるよ」

「それはもう、会いたいというよりも桜の木を頼むと依頼しているようなものですな」

「だよねー……はぁ、仕方ないか。エミリアちゃんの様子も見ておきたかったたし、久しぶりに行ってみるか」

ロックフォード伯爵の書簡には、何故桜の木を植えたのがボルトン辺境伯が最初なのかとか、次に珍しいものや面白そうな事は自分に最初に声をかけてほしいだとか、そんな事がつらつらと書かれていた。

バーキラ王国の貴族の中で、僕が付き合いのある貴族といえば、ボルトン辺境伯や宰相のサイモン様、王都の騎士団長ガラハット様、そしてロックフォード伯爵だ。全員が平民である僕の後ろ盾になってくれて、いつでも頼ってほしいと言ってくれる人達だから、多少のお願いは聞いてあげたい。

エミリアちゃんとは僕達の結婚式で顔を合わせているけど、結婚式では招待客が多かった事もあって挨拶程度しかしていなかった。

「セバスチャン、ロックフォード伯爵に数日中に伺いますって返事を出しておいてくれるかな」

「かしこまりました。ボルトンからロックフォードまでなら一日で届くでしょう」

手紙などを早く届ける場合、冒険者ギルドが専属で雇っている冒険者が、空を飛ぶ従魔で配達する。飛行速度の速い魔物を使う事が多いので、ロックフォードまでなら余裕を持って一日でたどり着く。

ロックフォード伯爵の書簡も、おそらく同じような方法で届けられたものだろう。そう考えないと書簡が届くのが早すぎる。

セバスチャンが一礼して地下室へ下りていった。それを見届けると、ソフィアがソファーから立ち上がる。

「ドリュアス様にお話ししたあと、桜の木の精霊にお願いしておきますね」

「うん、頼めるかな。あっ、それと桜の精霊には何かお礼した方がいいよね」

「たぶん、肥料やお水とタクミ様の魔力で大丈夫だと思いますが、一応ドリュアス様に聞いてみます」

「お願いするよ」

ソフィアがドリュアスを探しに出ていった。

まあ、大精霊がいる場所なんてだいたい決まっている。僕の屋敷か、隣のミーミル王女の屋敷、あとは酒蔵だから。

「じゃあ、私はエミリアちゃんにクッキーでも焼いてきますね」

するとマリアがロックフォード伯爵領へ行くのなら、エミリアちゃんへの手みやげを準備しようとソファーから立ち上がる。

「それでは私もお手伝いします」

マーニもマリアに同行する。

「アカネはロックフォード伯爵領について来る？」

リビングのソファーで、だらけた姿勢でお茶を飲むアカネに聞くと、答えは否だった。

「やーよ。いくらロックフォード伯爵が気安い人でも、貴族と進んで付き合いたくないもの。私はここでルルと留守番してるわ。ねー、ルル」

「はいですニャ」

「…………」

ここのところアカネのダラケっぷりが酷い気がする。でもまあ、それで何か害があるわけでもないので良しとしよう。

一人手持ち無沙汰な僕は、仕方ないので精霊の泉の水を汲みに向かうのだった。

24　ロックフォード

ロックフォード伯爵領に行くに当たって、マリアとカエデが僕に内緒でおみやげを用意しているみたいだ。こそこそ何かしているのに気づいて聞いてみたんだけど、教えてもらえなかった。

マリアとマーニがクッキーを大量に焼いていていたのは、その匂いでわかっている。それ以外となると……僕には想像もつかないな。

そんなこんなで急いで準備した僕達は、ボルトンの屋敷に転移し、そこからはツバキの引く馬車でロックフォード伯爵領を目指し出発した。

「ねえ、マリア。カエデとコソコソしてたのって何?」

「ふふっ、内緒です。タクミ様は知らなくてもいい事です」

「そ、そうなの」

気になって聞いてみたけど、教えてもらえない。でも悪い事じゃないみたいだから大丈夫か。

軽快に走るツバキは気持ち良さそうだけど、街道をすれ違う他の馬車や旅人の顔は、ツバキの巨体から来る迫力に引きつっている。

ボルトンからロックフォードまでの街道も、道幅の拡張や整備が進んでいて、現在もそこかしこで工事で賑わっていた。

「街道が広く綺麗になりましたね。これもタクミ様の影響が大きいですね」

「いや、僕だけじゃないよソフィア。パペック商会や未開地開発に関わっているみんなの力だよ」

「タクミ様、謙遜《けんそん》も過ぎると嫌味に聞こえますよ」

「そうですね。私達は凄い方の奥さんになったのですね」

ソフィアとマリアとマーニが僕の事を持ち上げてくれるのは嬉しいけど、実際僕だけが原因じゃないと思う。

バーキラ王国の経済が上手く回り、好景気になったきっかけの一つは、僕の生みだす魔導具やポーション類だったろうけど、ウェッジフォート建設の計画はボルトン辺境伯主導だし、聖域に関しては本当に偶然世界樹の種を手に入れた事が始まりだ。

「ほら、ほとんどタクミ様絡みじゃないですか」

「うっ、そうかな?」

そう言われると否定出来ない。

「これだけ国に貢献しているなら、タクミ様に爵位を授けるくらいしそうですけどね」

「ああ、それは言われた事があるよ」

マリアが言うように、国に大きな貢献をした者に、一代限りの名誉爵位を与える事はたまにある話だ。だから魔導具やポーション類で国を豊かにし、ウェッジフォート建設で未開地開発の足がかりを作った僕には、その資格はあるだろう。更に僕は、トリアリア王国とシドニア神皇国が攻めてきた戦争で、砦の建設だけでなく、ゴーレムの製作や物資の提供、おまけに戦争でも活躍している。

「名誉爵位じゃなく、男爵くらいには叙爵されても不思議じゃないって、ボルトン辺境伯にも言われたよ」

「なら」

「マリア、タクミ様はどこの国の領土にも属さない聖域の管理者です。バーキラ王国の貴族になると差し障りがあるのです」

「そういう事ですか。聖域はどこの国のものでもない状態じゃないとダメなんですね」

「そう、面倒くさい事にね。まあ、貴族なんて似合わないからいいんだけどね」

実は、バーキラ王国の貴族の中には、僕に爵位を与えるべきだと主張する者もいる。これはもちろんボルトン辺境伯から聞いた話だ。だけど、それは決して好意的な話ではない。

一部の貴族が自分の娘を僕に嫁がせ、僕の持っている特許関連の権利や、今までに稼いだお金、挙げ句の果てには、魔大陸の国々とのパイプを合法的に得ようとしているのだと言う。

それには僕が平民だと釣り合いが取れないので、男爵の爵位を与えたいのだそうだ。

馬車の中で、ソフィア達とそんな話をしていると、カエデの声が聞こえる。

「マスター！　ロックフォードが見えてきたよー！」

「ありがとう。列の後ろに付けて！」

「了解！」

バーキラ王国の好景気を表すように、ロックフォードの街に入る門には長蛇の列が出来ていた。

これは時間がかかるなと、うんざりしていると、カエデが馬車に近づいてくる騎馬の存在を報せてきた。

「マスター！　誰かが近づいてくるよー！」

「ひょっとすると、ロックフォード伯爵のお迎えかな？」

窓を開けて見ると、ロックフォード伯爵家の騎士が馬に乗って近づいてきた。

「イルマ殿の馬車とお見受けいたします。我々が先導いたしますのであとについて来てください」

「わざわざすみません。お手数ですがお願いします」

ロックフォード伯爵のおかげで、長い列に並ぶ必要がなくなりホッとした。

僕達の馬車は、騎士のあとについて門をくぐり、そのままロックフォード伯爵の屋敷へ向かった。

騎士の先導で、何度か訪れた事のあるロックフォード伯爵邸にたどり着いた。

ボルトン辺境伯の城とはまったく違う、ベルサイユ宮殿のような屋敷の門をくぐると、そこから屋敷まで広い敷地の中を馬車が走る。

「ロックフォードの街も綺麗になったね」

「浄化の魔導具が行き渡りましたし、ここは王都とボルトンの中継地ですから、街の整備にも力を入れているみたいですね」

ロックフォード伯爵領は、隣にボルトン辺境伯領があるという立地故に、他国の軍はもちろん、未開地から流れてくる魔物もいない。ボルトン辺境伯領のように大陸最大の魔境、死の森に隣接しているわけでもないので、バーキラ王国の中でも安全な土地だ。盗賊の討伐にも力を入れ、治安は良くバーキラ王国一の穀倉地帯と言われている。

領都のロックフォードは、王都とボルトン辺境伯領との中間地点にあるという立地を活かし、近年にない繁栄に沸いていた。

そしてロックフォード伯爵邸の正面に着いた僕は慌てる事になる。

それは……

「ロ、ロックフォード伯爵！」

何と！　ロックフォード伯爵自身が満面の笑みで僕達を出迎えたんだ。しかもローズ夫人や嫡男のロッド君、すっかり元気になったエミリアちゃんも笑顔でブンブンと手を振っている。

馬車が停められ、慌てて外に出て挨拶をする。

「お久しぶりです。ロ、ロックフォード伯爵自らのお出迎え……」

「まあまあ、イルマ殿、挨拶は屋敷の中に入ってからにしよう」

「……はい」

「ようこそイルマさん、ソフィアさん、マリアさん、あなたはマーニさんだったわよね。ああ、カエデちゃん！　会いたかったわ！」

「「お母様！」」

「ローズ、落ち着きなさい！」

僕の挨拶をロックフォード伯爵が遮り、堅苦しい挨拶は無用と言外に言うと、ローズ夫人のマシンガントークが始まり、それをロッド君とエミリアちゃんが止め、ロックフォード伯爵にも落ち着くよう言われてやっと静かになった。

「あら、私とした事がお恥ずかしい。嬉しすぎて興奮しすぎてしまいましたわ」

「いえ、ローズ夫人もお久しぶりです」

「いつまでも玄関で話すものではないだろう。さあさあ中に入った入った」

ロックフォード伯爵が家宰とメイドに目配せし、僕達は案内役のメイドに連れられ客間に通された。

「皆様がロックフォードに滞在なさる間、このお部屋を自由にお使いください。後ほどお迎えに参ります」

美しい見本のような礼をしてメイドが下がると、僕達は客間のソファーに座って息を吐いた。

「はぁ～、いきなりロックフォード伯爵の出迎えって、ないよね」

「ええ、まさか伯爵自身が平民の私達を出迎えるなんて」

「ローズ夫人のテンションがヤバかったですね。まあ、原因はわかってるんですけどね」

「結婚式で会った時とは印象が全然違いました」

「マーニは結婚式とエミリアちゃんの病気の時しか会ってないものね」

マーニはローズ夫人の印象が違いすぎて困惑したようだ。僕達は、初めてこの屋敷にお邪魔した時のいわゆる「下着騒動」を知っているので戸惑いはなかったけど……

そこで僕は、ハッとしてマリアを見る。

「そういえば、ロックフォード伯爵家のメイドさん達も勢ぞろいしていたな。もしかして……そうなのか、マリア」

「ふふっ、アタリです、タクミ様。皆さん、新作を待ち望んでいますから」

「はぁ～、やっぱりかぁ」

マーニが不思議そうにしているので説明してあげる。

「……ローズ夫人やロックフォード伯爵家のメイドさん達が興奮気味なのは、マリアとカエデの作る新作下着が目当てなんだよ」

「下着ですか？」

そこでマーニに、初めてここを訪れた時に、ソフィアやマリアの着ていた下着がローズ夫人達にカルチャーショックを与えた事を話す。

「今ではボルトンの高級婦人服店や王都でも売られていますが、それまでの女性物の下着はお粗末の一言に尽きましたから」

「そうだったんですね」

マーニが納得し、僕達も一息ついて落ち着いた時、ドアをノックする音が聞こえた。

「はい」

「お迎えに参りました」

「わかりました」

迎えに来たメイドさんに連れられ、僕達はロックフォード伯爵の待つ部屋へ向かった。


コン、コン。

「旦那様、イルマ様をお連れしました」

「入ってもらってくれ」

メイドさんが入室の許可を取ると、中からロックフォード伯爵の声が聞こえた。

「皆様、どうぞお入りください」

メイドさんがドアを開けて入室を促す。

「やあやあ、急《せ》かしたようで悪いね。どうかかけてくれたまえ」

ロックフォード伯爵が立ち上がり、正面のソファーを指す。

「失礼します」

僕とソフィア、マリアとマーニがソファーに座り、カエデが僕に引っ付いている。今回のロックフォードへは、アカネとルルちゃん、それとレーヴァが不参加だった。

アカネは貴族相手の付き合いを拒否し、レーヴァは仕事が忙しく留守番を志願していた。

ロックフォード伯爵は、貴族といっても気安く付き合える人だと説得したけど、アカネはソファーに根が生えたように動かなかった。

僕達がソファーに座るなり、ロックフォード伯爵が用件を切りだした。

ロックフォード伯爵って、こんなにせっかちだったっけと思いつつ聞くと案の定桜の木の話で、更に厄介な話をした。

「イルマ殿、イルマ殿と私の仲じゃないか。ゴドウィンにだけってのは酷いと思わないかい」

「はぁ、ロックフォード伯爵はどこからその話を聞いたんですか？」

「ゴドウィンからに決まってるだろう。散々自慢されて悔しいやら羨ましいやら。うちの庭にもお願い出来るんだろうね」

「はぁ……」

やっぱりボルトン辺境伯が自慢したのか。

「陛下の耳に入るのも時間の問題だよ」

「うわぁ〜。王城にも行かなきゃダメですかね」

「ダメだろうね」

僕ががっくりしていると、ロックフォード伯爵が追い打ちをかける。

「ボルトンの城に咲いた桜の花は、出入りの商人や使用人が見ているからね。噂が広がるのは早いと思うよ。元々は、聖域の桜の木をパペック商会の関係者に見られたのがきっかけだろう？　今やパペック商会は、バーキラ王国だけじゃなく同盟三ケ国を股にかける大商会だからね。目ざとい貴族や豪商は欲しがると思うな」

「……勘弁してほしいです」

陛下に頼まれたら流石に断れないけど、顔も知らない有象無象《うぞうむぞう》の貴族や豪商はな。

「既にボルトン辺境伯の城の桜は隠しようがない。だから今後は、どう依頼を断るかを考えないとね」

「聖域に引きこもりましょうか」

「それも一つの手ではあるね。聖域の中には一部の者しか立ち入れないからね」

ただロックフォード伯爵によると、バーキラ王国の貴族の中で、僕に対する不満が高まってきているのも事実らしい。

「三ケ国の王や宰相が出席した、聖域で行われたイルマ殿の結婚式。あれに呼ばれなかった貴族が、イルマ殿を良く思っていないみたいでね……」

「イヤイヤ、まったく関係のない人を、結婚式に呼ばないでしょう。ましてや、聖域ですよ」

「イルマさん、今、王都のサロンでは、イルマさんの結婚式で出されたお料理が凄い話題になっているのよ」

「美味しかった〜！　お料理もデザートも！　エミリア、また食べたーい！」

「おい！　エミリア！」

アカの他人を聖域で行われる結婚式に呼ぶなんてありえない。そう言うと、ローズ夫人とエミリアちゃんが披露宴で出された料理が、王都に住む貴族のご婦人方の間で話題になっていると言った。

陛下や王妃様、宰相のサイモン様やその夫人など、披露宴の料理に衝撃を受けた人が多かったのだとか。

「まあ、貴族の嫉妬や妬みのお話はイルマさんと旦那様にお任せして……マリアさん」

「ふふっ、新作をいくつか持ってきましたよ、ロックフォード夫人」

「まあ！　流石はマリアさん。私の事はローズで構いませんわ」

「ではローズ様、場所を変えましょう」

「そうね、エミリア、あなたもそろそろ必要だからついて来なさい」

「はい、お母様」

「と、いう事なので私達は失礼しますね」

そう言ってローズ夫人が立ち上がると、エミリアちゃんとマリアとカエデも立ち上がり部屋から出ていった。そしてそのあとにロックフォード伯爵家のメイド達が続いた。

部屋には、僕、ソフィア、マーニ、ロックフォード伯爵と家宰と護衛の騎士二人になる。

「……えっと」

「……すまん、イルマ殿。おそらく例のヤツだと思う」

「……ですよね。メイド長以下女性陣全員いなくなりましたから」

ロックフォード伯爵領訪問に際して、マリアとカエデが何やらしているのは知っていた。それが初めてここに来た時と同じ、女性用下着の事だとは思わなかったけど、ああなった女性陣はソッとしておくに限る。

その後、桜の木を植える位置や本数の打ち合わせが淡々と行われた。

◇

ロックフォード伯爵のリクエストで、桜の木を十本植える事になった。

何でも、ボルトン辺境伯と同じでは嫌だそうで、木の本数を増やす事を希望してきた。

「十本植えるのは大丈夫ですけど、くれぐれも他の貴族や商人に自慢しないでくださいね」

「はーっはっはっはっ！　心配しないでくれ。自慢するのはゴドウィンだけにしておくよ」

「いや、やめてくださいよ」

「断る！」

「はぁ～」

挿し木用の桜の木は多めに持ってきているので、十本でも問題ない。だけどそれを知ったあとのボルトン辺境伯の反応が怖い。

いや、大丈夫だ。桜は多ければいいってわけじゃないもの。うちの桜は一本だけど、それでも十分だしな。

高笑いするロックフォード伯爵に不安しか感じないが、やる事をしないと終わらないので、ロックフォード伯爵が指示する場所に、桜の挿し木を植えていく。

もうあまり考えないようにしよう。たぶん、ロックフォード伯爵もボルトン辺境伯以外とは張り合わないだろう。

……うん、そう思う事にしよう。

◆

タクミがロックフォード伯爵と桜の木を植えている時、屋敷の中ではローズ夫人やメイド達がマリアとカエデの周りに集まっていた。

エミリアは戸惑い気味だが、ローズ夫人やメイド達は興奮して、テンションが異様に高い。

その女性陣が取り囲むテーブルの上には、桜の花とは違う色とりどりの下着の花が咲いていた。

「お、お母様、こ、これは下着なのですか？」

「ふふっ、エミリアにもそろそろこんな下着もいいかと思うの」

「うっ……」

エミリアが顔を真っ赤に染めて見ているのは、テーブルを彩るたくさんの下着だ。

この大陸の女の人が、下着にお洒落をし始めたのはここ数年の事だった。

そう、バーキラ王国の女性用下着の流行は、ここロックフォード伯爵領から始まった。

そのキッカケはタクミだ。

女性用下着のお粗末な状況に、我慢出来なかったタクミが、カエデの協力のもと自作したのが始まりだった。

ボルトン辺境伯とともに、王都へ向かうタクミ達が立ち寄ったのがロックフォード伯爵邸。そこで服の上からでもわかる、ソフィアやマリアの形のいい胸を、ローズ夫人やメイド達は見逃さなかった。そこからパペック商会を巻き込んで、様々なデザインの下着が大陸を席巻するのに時間はかからなかった――。

「ローズ様、これなんてどうです？　ロックフォード伯爵も夢中になると思いますよ」

「あら、いいわね。凄くセクシーだわ」

「お、お母様、お、お尻が丸見えです」

マリアがローズ夫人に勧めたのは、お尻の部分が細い紐状になっている。いわゆるＴバックと呼ばれる下着だった。

最近まで男性用と変わらない形の下着が普通だったので、エミリアがTバックの下着を見て驚くのは当然だろう。

「でもマリアさん、私が穿いても大丈夫でしょうか？　私も歳ですから、垂れたお尻がみっともないと思うの」

「ローズ様は大丈夫ですよ。それにタクミ様に教えてもらった、ヒップアップのエクササイズをお教えします」

「ヒップアップですか！　ぜひお教えください！」

ヒップアップという言葉に、一番に反応したのはメイド長だった。

ローズ夫人が嬉しそうに言う。

「ふふっ、私も頑張ってヒップアップしたら、旦那様は喜んでくれるかしら」

「それはもう、エミリア様の弟か妹が出来るかもしれませんよ」

「ふふっ、それもいいわね」

話についていけないエミリアをよそに、ローズ夫人やメイド達はテーブルの下着を手に取り、意見を言い合っている。

「このハーフカップのブラ、セクシーですね」

「いいわね。でも普段使いには、このフルカップのブラの方がいいわよ」

「私には黒は似合わないですね」

「あなたまだ若いもの。白や淡い色がいいんじゃない？」

わいわいとローズ夫人やメイド達が下着を品評していく。

一通り品定めが終わって、ローズ夫人が欲しいデザインの下着をマリアに注文する。

ここに置かれた下着は全部、デザインと色の見本で、実際の下着はそれぞれの女性に合ったサイズの物を注文生産するのだ。

「あっ、そうだ。カエデちゃん、ストッキングはある？」

「あるよーー！」

「良かった。じゃあ、白と黒のストッキングを十足ずつお願い」

「あっ、私も両方二足ずつお願いします！」

「私もお願い！」

カエデ特製の、透明感と伸縮性のある糸で編んだストッキングは大人気だ。最近、キャタピラー系の魔物から似たような伸縮性のある糸を採る事が可能になり、高級下着店で販売されるようになったが、カエデ製の糸と比べると、質感や耐久性が大きく劣っていた。

この時とばかりに、まとめ買いするロックフォード伯爵家の女性達だった。

「ふふっ、これで旦那様もハッスルしてくれるかしら」

その時、庭にいたロックフォード伯爵は、何故か寒気を感じ震えたという。

25　ほらね、面倒くさい

ロックフォード伯爵邸で桜の木の植えつけを終えた僕達は、貴族や豪商との余計な接触を避けるため、早々に聖域への帰路に就いた。

転移なら一瞬なんだけど、ボルトンまでならツバキの引く馬車でもすぐなので、今回は馬車で戻ってきた。

そして、ボルトンの屋敷で出迎えてくれたのは、メリーベル達と、大量の書簡を持つセバスチャンだった。

「お帰りなさいませ、旦那様、奥様方」

「「「「お帰りなさいませ」」」」

僕の背中を、嫌な汗が流れる。

「セバスチャン、それって……」

「はい。国内外、様々な方面から書簡が届いております」

「………………」

ロックフォード伯爵のところから戻ったばかりなのに……何故に？　早くない？

思わず現実逃避してしまう僕は、ソフィアとマリアに手を引かれ、屋敷の中に入った。

「……えっと、一応聞くけど、内容は？」

「はい。旦那様のご想像通りかと思います」

屋敷に入ってリビングのソファーに座り、目の前に積まれた紙の束を見て、セバスチャンに一応内容を聞いたけど、やっぱり桜の木関連だった。

「どういたしましょう？」

「会った事もない貴族は断ろう。商会も同じくで。どうしても中身を確認する必要があるのはどれだけある？」

「少しお待ちください」

セバスチャンが積まれた書簡を選り分けていくと、最終的に残った書簡は二通だった。

「はぁ、良かった。二通だけか」

「そうですね。ただ、このゴミとなった書簡の中には、例の桜の木以外の内容の書簡も含まれています」

「へっ？　他に何かあった？」

「はい。国内外の商会より、姿絵が多数送られてきています」

「姿絵？　何で？」

「旦那様へのお見合い用でございますね」

「へっ⁉」

あまりに想定外で、ポカンとマヌケな顔になる。

「流石に貴族家からの申し出はございませんが、旦那様と縁を結びたい商会は多くございますから」

「マジですか……」

僕が呆然としていると、ソフィアやマリアが今更何言ってるんですかと言う。

「へっ？」

「今までは私やソフィアさんが、その手の物は捨ててたんですよ」

「そうなの？」

「はい。タクミ様と直接取引のある商会は、パペックさんのところだけですけど、他の商会からその手の申し出は多いですよ」

「いつもありがとうございます」

思わずマリアとソフィアに深々と頭を下げてお礼を言っちゃったよ。

「とりあえずお見合いはなしの方向で頼むよ。僕にはソフィアとマリアとマーニがいるからね。商売にくい込みたいからって娘を使うって……」

「それも、自分の娘ならまだマシです。中には、どこかから連れてきた娘を養女にしてお見合いを申し込んできた輩もいますので」

「うわぁ～」

「それと一番厄介なのはこのあたりですね」

そう言ってセバスチャンが選り分けたのは、いくつかの肖像画だった。

よくわからず、首を傾げつつ尋ねる。

「他のとは違うの？」

「はい。これは、国内の騎士爵と準男爵の方から送られてきたものです」

「そ、それはスルーしちゃまずいやつだよね」

「はい。ボルトン辺境伯に相談なさるようお勧めいたします」

「……そうだよね」

セバスチャンが言うには、バーキラ王国で有数の財を持つ僕に、身分の違いに目をつぶってでも、娘を嫁がせたいのだろうと。

騎士爵や準男爵くらいなら、それもアリなんだとか。

セバスチャンが丁寧に説明してくれる。

「流石に、男爵以上の爵位を持つ貴族は、平民に娘を嫁がせるのは差し障りがあるでしょうが、騎士爵など半分平民みたいなものですから」

「はぁ。とりあえずお見合いの事は置いといて、残ってる二通の書簡は……うん、ボルトン辺境伯と陛下からだね」

「はい。ボルトン辺境伯は、ロックフォード伯爵に負けたくないのでしょう。桜の木を同数にする事をお勧めいたします。陛下の依頼も同じようなものだと思われます」

「はぁ〜。聖域に行ってくるよ。ドリュアスと桜の精霊に、追加のお願いをしなきゃいけないから」

「差し出がましい事を申し上げますが、桜の植樹の際、ボルトン辺境伯と陛下にお見合いの件をご相談してはいかがでしょう」

「そうするよ。じゃあ、今日はこっちに泊まるからすぐ戻ってくる」

「「「いってらっしゃいませ」」」

セバスチャンやメリーベル達に見送られ、僕は地下の転移ゲートから聖域へ移動した。

26 モテ期？ いいえ気のせいです

我慢しきれず漏れた、笑い声が聞こえる。

それに僕はムッとして言う。

「笑わないでくださいよ」

「クックックッ、いやー、イルマ殿はモテモテだなぁ」

「モテモテって、今どき言わないですよ！」

僕をからかっているのは、この城の主人、ボルトン辺境伯だ。

ボルトン辺境伯は、ロックフォード伯爵の屋敷に桜の木を十本植えた事をいち早く掴んでいた。

桜の木関連で、セバスチャンが残した書簡のうち、陛下からの依頼は王都まで行かないといけないので、近場のボルトン辺境伯の城からと思って来たんだけど、ボルトン辺境伯はお見合いの申し出が殺到している事を知っていた。

僕は、ボルトン辺境伯家の庭師に指示された場所に、桜の挿し木を植えながら、からかってくるボルトン辺境伯の相手をする。

ソフィアのキツい視線は気にならないのだろうか？

桜の木が欲しいとの書簡の中に、僕に娘を嫁がせたいという姿絵付きの、いわゆるお見合い写真のような物が大量に混ざっていた事で一番機嫌が悪くなったのはソフィアだ。

武力が抜きん出ていて、更に財力もあって、それでいて若い僕は、平民という身分さえ考えなければ、超優良物件なんだとか。

強い雄に惹かれる獣人族の女性はもちろん、自分達の種族以外を下に見るエルフでさえ、精霊樹の守護者で聖域の管理者の僕ならと思う女性は多いらしい。

ボルトン辺境伯が頭を下げる。

「すまんすまん、イルマ殿が困っているのが面白くてな。おっと、これ以上はソフィア殿に叱られそうだな」

「勘弁してくださいよ」

「ハッハッハッ、モテる男はツラいな。まあ、冗談はさておき、桜の木に関しては、ロックフォード伯爵家と儂のところにある桜が育ったら、少しずつ挿し木や接《つ》ぎ木で苗を育てて、各地に配る事になった。だから、イルマ殿は陛下の依頼だけで大丈夫だ」

ボルトン辺境伯が言うには、桜の木を渡す相手を王家が選定し、王城にこれから植えられる桜と、ボルトン辺境伯家、ロックフォード伯爵家にある桜で苗を育てて対応すると決まったらしい。

本来なら植えつけてすぐに成長するなんてありえないのだから、苗木は渡すがあとは自分達で大事に育てろと言ったんだとか。

「しかしここに来て、イルマ殿に爵位を与えなかった事の影響があるとはな。こんな事なら浄化の魔導具の時に、陛下に進言しておけば良かったな」

「それはそれで反発があったのではありませんか？」

「確かにな。しかし、うちとロックフォード伯爵が連名で推薦すれば、少々反発があっても大丈夫だっただろう。慎重なポートフォート卿も後悔しているだろうな」

宰相のサイモン様は、容易に爵位を授与出来なくなった事について、タイミングを見間違えたと後悔しているのだとか。

「まあ、でもそうすると、三ヶ国のバランスが崩れて問題になっていたでしょうね」

「確かにそうだな」

浄化の魔導具の時、王都で陛下と謁見したタイミングで、僕に爵位が授与されていたら、未開地のウェッジフォートだけでなく、聖域とその周辺を含む広大な土地がバーキラ王国の領地となっていたかもしれない。

ただ、そうすると同盟国間の国力が大きく開き、バーキラ王国が大陸一の国になっていた。

そんな事になったら、ロマリア王国との同盟関係がどうなっていたかわからない。国内のタカ派の貴族などは、大陸制覇も夢ではないなどと言いだすだろう。

「……ろくなものじゃないな」

「ですよね」

それが想像出来たのだろう。ボルトン辺境伯もうんざりした表情になる。

「どちらにせよ、イルマ殿が聖域の管理者になった時点で、我が国が囲い込むのは不可能になった。ユグル王国が黙ってないからな」

「ウィンディーネ達に言えば、ユグル王国を説得してくれそうですけどね」

「そうだとしても、反発の方が大きいだろう。いっそイルマ殿が聖域で建国すればと儂は思うぞ。そうすれば、我が国の貴族家からも嫁を紹介出来る」

「……勘弁してください。はい、完了しましたよ」

桜の木を植えると、ボルトン辺境伯にお茶に誘われた。

「さて、イルマ殿が建国するかどうかはひとまず置いておいて、問題は商家はまだしも、騎士爵や準男爵家から来たお見合いの姿絵だな」

「はい。商家からの物に関しては、セバスチャンが丁寧に断りの手紙を書いてくれるので大丈夫なのですが、下級とはいえ貴族となると、どうしたらいいかわからないのです」

「どうせ、そ奴らは聖域関連の交易に一枚噛みたい奴らだ。陛下とポートフォート卿と相談して、貴族家とイルマ殿との婚姻には、国の許可が必要になるよう調整してみよう」

「それって、国が僕の代わりに断ってくれるんですか？」

「ああ。イルマ殿が断るとカドが立つが、王家からなら諦めるだろう」

ボルトン辺境伯は、すぐにサイモン様と計って国内に通達すると約束してくれた。

今日ここに来た甲斐があった。

27 取り込み合戦

タクミがボルトン辺境伯の城に、桜の木を追加しに行った次の日、ボルトン辺境伯は早速王都への書簡を送った。

それにより、タクミが今どのような状況にあるのか、バーキラ王の知るところとなった。

「サイモン、馬鹿な下級貴族が騒いでいるそうだな」

「はぁ～、頭が痛くなります、陛下」

「宰相閣下、我らは聖域で行われたイルマ殿の結婚式で女神ノルン様の祝福を目にしています。故に、我らは高位貴族といえどイルマ殿にその手の介入はできない事を知っておりますが、他の者達はそうではありません」

バーキラ王国の王城で、バーキラ王と宰相のサイモン、騎士団長のガラハットが、ボルトン辺境伯から届いた書簡について話し合っていた。

「狙いはわかるが悪手だの」

「イルマ殿と仲のいい貴族は限られていますから、自分達も何とかおこぼれにあずかろうという輩が多いのでしょう」

「ソフィア殿の実家は騎士爵だが、マリア殿とマーニ殿は平民です。そこに割り込んでも上に立つ事が出来ると思っている馬鹿ばかりですな」

商人からの婚姻の申し込みは、純粋に利益に群がっているだけだ。ところが騎士爵や準男爵となると変わる。利益を得たいのは同じだろうが、あの馬鹿達は貴族の娘なのだから自分がイニシアチブを取れると思っている。

「馬鹿の極みだな」

サイモンの辛辣な言葉にバーキラ王も同意する。

ボルトン辺境伯やロックフォード伯爵が、タクミと上手く付き合っているのは、身分をひけらかす事をせず、人と人として付き合っているからだ。

「桜の木の件は、ボルトン辺境伯の案で問題ないでしょう。王家とボルトン辺境伯にロックフォード伯爵の三家、いやユグル王家もですか。公爵あたりが騒ぐかもしれませんな」

「その辺は我が何とか抑えよう」

自分もタクミに頼んでいるので、あまり強く言えないが、桜の木を欲した貴族家全てにタクミを出張させるわけにもいかない。そんな事をしたら、せっかく築いた信頼関係が崩壊しかねない。

挿し木や接ぎ木で増やすのは普通の事だ。十数年待てば立派な桜の木に成長するだろう。それを待てないのなら、自前で植物を成長させる事が出来る魔法使いを雇えばいいのだ。

まあ、そんな魔法使いは極少数だろうが。

今のバーキラ王や宰相のサイモンが考えなければならないのは、婚姻による関係強化を狙う者達だろう。

「今までこの手の話が表に出てこなかったのは、イルマ殿が神出鬼没でコンタクトを取れなかったからでしょう。ですがイルマ殿は最近、ボルトンと聖域の屋敷に家宰とメイドを雇い入れた模様。家中の仕事の負担を軽減したい意図があったのでしょうが、今までゴーレムに護られ近づけなかった屋敷に、言付ける事の出来る者が現れたのです」

「イルマ殿も頭を痛めているだろうな」

「こういったところが少し抜けている方ですな」

ここに来て急にこのような問題が持ち上がった理由をサイモンが推測し、バーキラ王はタクミに同情する。ガラハットは口ではこき下ろしたが、本心ではあの若さならしっかりとしていると認めていた。

「しかし国内の貴族は抑えられるだろうが、すぐに動きだすぞ……ロマリアやサマンドールの有象無象が」

「直接申し込む者の爵位は低くとも、それを指示する寄親は、一癖も二癖もある輩でしょうな」

そこでバーキラ王が考え込む。

そしてサイモンやガラハットが驚く事を呟いた。

「……いっその事、姫を降嫁《こうか》させるか」

「「なっ⁉」」

二人が声を上げるのも無理はない。王家から平民へ降嫁など、常識ではありえないのだから。

普通王家の姫が降嫁するのは伯爵家までだ。それ以下の前例はない。ましてや相手が平民などもっての外だ。

「サイモン、ガラハット。イルマ殿をバーキラ王国に住む平民と考えるから理解出来なくなる。イルマ殿を聖域の王と考えればおかしな事ではないだろう」

「そ、そういう考え方がありましたか！」

「ふむ、確かに小国の王と言えぬ事もありませんな」

「だが事は慎重を要する。この話は他言無用だ。とりあえず国内の貴族はサイモンが抑えろ。商人からの分に関しては、放っておいても大丈夫だろう」

「では、私はイルマ殿に婚姻の申し込みをした下級貴族に釘を刺しておきましょう」

タクミの知らないところで、とんでもない話が進みつつあった。

当の本人は、そんな事など知らず王都へ持っていく桜の木の苗を準備していた。

28 王城でのお仕事

バーキラ王や宰相のサイモンがタクミの事で頭を痛めていた頃、大陸の北西部にある国の王も、タクミについて考え込んでいた。

タクミの妻の一人が元ユグル王国の騎士爵の娘で、その娘自身も名誉騎士爵だった。ただ、現在では限りなくユグル王国とは縁が薄い。

精霊とともにあるエルフの国たるユグル王国は、本来聖域と密接な関係を構築して然るべきだと騒ぐ国内貴族は多い。

それをバーキラ王国やタクミに言わないのは、貴族達が理性的なわけではなく、タクミのバックに大精霊達がいて、その大精霊達の機嫌を損ねれば、精霊魔法を失ってしまうからだ。

世界樹を窓から見上げ溜息を吐くのは、ユグル王ことフォルセルティだった。

「陛下、悩み事ですかな」

「……ん、ああ、バルザか」

老エルフの宰相バルザがユグル王に声をかけると、返ってきたのは力ない返事だった。

「陛下の悩みは、聖域を我が物にせんと騒ぐ他国の下級貴族ですかな？」

「バルザはお見通しか……」

「情報源はミーミル様ですな。陛下、心配する必要はありません。有象無象の輩を大精霊様達がお許しになるはずがありません。それよりも我が国にも別の理由で騒ぐ馬鹿がいる事が問題ですぞ」

バルザの言うように、今ユグル王国は他国の下級貴族がしたように、タクミと縁を繋ごうという気はない。何故ならユグル王国には、聖域で唯一屋敷を与えられたミーミルがいるのだから。

ミーミル王女が聖域に屋敷を許されているのは大きい。ユグル王にとっては寂しいばかりだが、今ではミーミル王女は聖域の屋敷で過ごす方が圧倒的に多いのだ。

大精霊様達とも良好な関係を築いていると聞いている。ユグル王国はこれ以上無理をする必要はなかった。

ユグル王が世界樹が見える窓とは別の窓を眺める。そこには先日、ミーミル王女が持ち込んだ桜の木が見事な花を咲かせていた。

「……確かに、問題は我が国の足元にあるか」

「精霊樹はエルフの物だと主張し、それを我が物のように扱うイルマ殿を討つべきだという声を上げる者がおりますからな」

「くっ…………」

バルザがそう言うと、ユグル王は痛む胃を押さえて顔をしかめる。

どうやってタクミを討つと言うのだろう。エルフの魔法使いが束になっても破れる結界ではない事はわかっている。それならタクミが聖域を出ているタイミングを狙い暗殺するのか？　その企みがバーキラ王国や他の国に漏れた時点でユグル王国が窮地に立たされるのをわかっていないのか？

ユグル王は、我が国の貴族ながら頭の悪い者が多い事に悩んでいた。

「いっその事、国内の馬鹿な貴族家の当主を粛清《しゅくせい》した方が楽だな」

「まあ、その方が楽で我が国のためになるでしょうな」

そんな事は出来ないのはユグル王もバルザもわかっているが、そう言わずにはおられないほど悩みは深かった。

◇

僕、タクミは、荘厳な城の庭園の一画で、せっせと桜の木を植えつけていた。

ロックフォード伯爵邸へはツバキの馬車を使ったけど、今回はサクッと王都近くに転移して移動した。

一応、宿を取り、王城に日程の確認をしたところ、次の日にも登城してほしいとの事で、翌日の朝から王城へ向かった。そして、王家お抱えの庭師に指示された場所に、黙々と桜の木を植えつけているというわけだ。

何故かそれを見学する宰相のサイモン様の視線を背中に感じながら。

やりにくいな～。サイモン様は暇じゃないと思うんだけどな……

僕の心の声が聞こえたかのようなタイミングで、サイモン様が話しかけてくる。

「わざわざ王都まで呼びだして申し訳ないな、イルマ殿」

「い、いえ、ぼ、僕は大丈夫です！」

心の中で愚痴っていたのがバレたのかと、思わず吃《ども》ってしまう。

「ボルトン辺境伯とロックフォード伯爵が見事だと自慢していたからのう。陛下や王妃様に見ていただきたいと思ったのじゃ。許せよ、イルマ殿。その代わりとは言っては何じゃが、他の貴族家からの依頼は王家がブロックするからの」

「はぁ……助かります」

「それと、馬鹿な貴族家からの婚姻の申し込みも我らに任せてくれ。下心しかない婚姻の申し込みなど、イルマ殿にとって迷惑でしかないだろうからな」

「それは本当に助かります」

「うむ、我らが責任を持って対処しておく。安心するがいいぞ」

サイモン様から例の姿絵の件は王家が対処してくれると聞いて、正直ホッとした。

最悪、聖域に引きこもろうかと思ったくらいに、どう対処しようかわからなかったからね。

桜の木の植えつけは面倒だったけど、王城に来て良かった。

29 変貌

シドニア神皇国の辺境にある街、その外れに朽ちた教会があった。朽ちかけた教会の祭壇があったであろう場所には、黒い瘴気を纏い、脈動する肉の塊りが鎮座している。

その肉の塊りをよく見ると、表面に多くの人の顔や腕、足などが浮きでては消えて、怨嗟《えんさ》の声を上げていた。

神光教の元神官によって持ち込まれた邪精霊由来のカケラは、多くの生命を餌にして順調に成長している。

コレが成長したらどうなるのか、カケラに餌となる人の血肉と魂を与えている元神官達もわかっていない。

元神官達は既にまともな思考能力を失っていた。自分達の行いの結果がどうなるのか、白分達でもわからない状態だが、それをおかしいと思う精神状態にないのだ。

肉の塊りは怨嗟の声を上げ続け、それが瘴気を集め、より濃密な悪意、恨み、妬み、嫉妬、様々な負のエネルギーを吸収していく。

それを遠巻きに眺める元神官達。

「そろそろ犯罪奴隷を買う金もなくなってきた。どうする?」

「……なに、簡単な話だ。この教会にお宝が隠されているとウワサを流せ。しばらくは餌に困らんだろう」

「クックックッ、なるほど。欲深い奴らならいい餌になりそうだ」

「当座の餌はそれで凌《しの》げるだろう。我らは少し金の確保に努めよう」

「そうだな。我らが女神は大食漢だからな」

「違いない」

正常な判断が出来なくなった壊れた元神官達がその場を立ち去ったあとも、変わらず肉の塊りは不気味に脈動し続けていた。

元神官達は気づかない。

朽ちかけた教会の建つ辺境の街、その街から住民が離れていっている事を。

カケラが纏う瘴気のせいで、普通の人間はその場にいるだけで不安を覚えるのだ。皆が本能的に

避けた結果、街から住民の流出が止まらない。

実際、教会の周辺は、まるでゴーストタウンの様相を見せている。

既に瘴気に脳を侵されている故か、元神官達は誰もが気づきそうな事実に気づけなかった。

カケラが集める嫉妬、恨み、妬み、様々な欲、それらの負のエネルギーは、住民がいてこそ集まる。住民が少なくなったため、カケラの成長が緩やかになったのは、元神官達にとっては皮肉な結果だった。

いずれ最強の錬金術師?
SOMEDAY WILL I BE THE GREATEST ALCHEMIST?
1～3
原作＝小狐丸
漫画＝ささかまたろう
シリーズ累計41万部!（電子含む）
いずれ最強の錬金術師?
3
上級モンスターをソロ討伐!?
最強の生産スキル
錬金術発動!
勇者でもないのに勇者召喚に巻きこまれ、異世界転生してしまった入間巧。「巻きこんだお詫びに」と女神様が与えてくれたのは、なんでも好きなスキルを得られる権利!地味な生産職スキルで、バトルとは無縁の穏やかで慎ましい異世界ライフを希望――のはずが、与えられたスキル『錬金術』は聖剣から空飛ぶ船までなんでも作れる超最強スキルだった……! ひょんなことから手にしたチートスキルで、商売でボロ儲け、バトルでは無双状態に!? 最強錬金術師のほのぼの異世界冒険譚、待望のコミカライズ!!
◎B6判　◎各定価:748円（10%税込）
Webにて好評連載中!
アルファポリス 漫画
検索
コミックス絶賛発売中!

TOKYO MX・MBS・BS日テレほか

最新16巻
6月下旬
発売予定！

●各定価：1320円（10%税込）
●illustration：マツモトミツアキ

CV 深澄 真：花江夏樹
巴：佐倉綾音　澪：鬼頭明里
監督：石平信司　アニメーション制作：C2C

異世界へと召喚された平凡な高校生、深澄真。彼は女神に「顔が不細工」と罵られ、問答無用で最果ての荒野に飛ばされてしまう。人の温もりを求めて彷徨う真だが、仲間になった美女達は、元竜と元蜘蛛!?とことん不運、されどチートな真の異世界珍道中が始まった！

コミックス
最新9巻
6月下旬発売予定！

漫画：木野コトラ
●各定価：748円（10%税込）●B6判

ハズレ属性土魔法のせいで辺境に追放されたので、
ガンガン領地開拓します！
Hazure Zokusei Tsuchimaho No Sei De Henkyo Ni Tsuiho Saretanode, Gangan Ryochikaitakushimasu!
Author
潮ノ海月
Ushiono Miduki
ハズレかどうかは使い方次第!?

●ISBN 978-4-434-28783-1 ●定価：1320円（10％税込） ●Illustration：YuzuKi

42歳・無職のおっさんトーイチは、王国を救う勇者として、若返った姿で異世界に召喚された。その際、可愛い&チョロい女神様から、『鑑定』をはじめ多くのチートスキルをもらったことで、召喚主である王国こそ悪の元凶だと見抜いてしまう。チート能力を持っていることを誤魔化して、王国への協力を断り、転移スキルで国外に脱出したトーイチ。与えられた数々のスキルを駆使し、自由な冒険者としてスローライフを満喫する!

●ISBN 978-4-434-28658-2　●定価:1320円(10%税込)　●Illustration:ふらすこ

異世界生活大満喫ファンタジー、待望の書籍化！

日本人の少年は命を落とし、異世界で貴族の次男ゼルート・ゲインルートとして転生する。前世の記憶を保持する彼は、将来は家を出て、気ままな冒険者になろうと考えていた。冒険者になれるのは12歳から。そこでゼルートは、それまでの間に可能な限りレベルとスキルを上げることを決意する。強くなればなるだけ、この異世界での冒険者生活を自由に楽しく満喫できるはずだからだ。しかもその助けになるかのように、転生の際に、神様から様々なチートスキルを貰っており——

●ISBN 978-4-434-28660-5 ●定価：1320円（10%税込） ●Illustration：みことあけみ

この作品に対する皆様のご意見・ご感想をお待ちしております。

おハガキ・お手紙は以下の宛先にお送りください。

【宛先】

〒150-6008 東京都渋谷区恵比寿4-20-3 恵比寿ガーデンプレイスタワー 8F
（株）アルファポリス　書籍感想係

メールフォームでのご意見・ご感想は右のＱＲコードから、
あるいは以下のワードで検索をかけてください。

アルファポリス　書籍の感想　検索

ご感想はこちらから

本書はWebサイト「アルファポリス」（https://www.alphapolis.co.jp/）に投稿されたものを、改稿、加筆のうえ、書籍化したものです。

いずれ最強《さいきょう》の錬金《れんきん》術《じゅつ》師《し》？ 9

小狐丸（こぎつねまる）

2021年 5月31日初版発行

編集－芦田尚
編集長－太田鉄平
発行者－梶本雄介
発行所－株式会社アルファポリス
〒150-6008 東京都渋谷区恵比寿4-20-3 恵比寿ガーデンプレイスタワー8F
TEL 03-6277-1601（営業）　03-6277-1602（編集）
URL https://www.alphapolis.co.jp/
発売元－株式会社星雲社（共同出版社・流通責任出版社）
〒112-0005東京都文京区水道1-3-30
TEL 03-3868-3275
装丁・本文イラスト－人米
装丁デザイン －AFTERGLOW
印刷－中央精版印刷株式会社

価格はカバーに表示されてあります。

落丁乱丁の場合はアルファポリスまでご連絡ください。

送料は小社負担でお取り替えします。


ISBN978-4-434-28892-0 C0093